恶女的告白

【日】叶真中显 著

吴曦 译

中国友谊出版公司

图书在版编目（CIP）数据

恶女的告白 /（日）叶真中显著；吴曦译 . -- 北京：中国友谊出版公司，2024.8（2025.1 重印）

ISBN 978-7-5057-5810-0

Ⅰ . ①恶… Ⅱ . ①叶… ②吴… Ⅲ . ①推理小说—日本—现代 Ⅳ . ① I313.45

中国国家版本馆 CIP 数据核字（2024）第 010015 号

著作权合同登记号　图字：01-2024-3271

LONG AFTERNOON
BY Aki HAMANAKA
Copyright © 2022 Aki HAMANAKA
Original Japanese edition published by CHUOKORON-SHINSHA, INC.
All rights reserved.
Chinese (in Simplified character only) translation copyright © 2024 by Beijing Xiron Culture Group Co., Ltd.
Chinese (in Simplified character only) translation rights arranged with CHUOKORON-SHINSHA, INC. through BARDON CHINESE CREATIVE AGENCY LIMITED, HONG KONG.

书名	恶女的告白
作者	［日］叶真中显
译者	吴　曦
出版	中国友谊出版公司
发行	中国友谊出版公司
经销	新华书店
印刷	嘉业印刷（天津）有限公司
规格	880 毫米 ×1230 毫米　32 开 9.25 印张　168 千字
版次	2024 年 8 月第 1 版
印次	2025 年 1 月第 5 次印刷
书号	ISBN 978-7-5057-5810-0
定价	55.00 元
地址	北京市朝阳区西坝河南里 17 号楼
邮编	100028
电话	（010）64678009

如发现图书质量问题，可联系调换。质量投诉电话：010-82069336

养狗

作者 / 志村多惠

据说，狗在太古时代曾是这个世界的统治者。

当时的狗拥有更强韧的肉体与凶猛的本能，是名叫"狼"的野兽。狼在大陆上纵横驱驰，时而独行，时而成群结队，日复一日与其他族群争斗不休。狼当仁不让，堪称陆地之王。

对于方才拥有些许文明曙光的人类来说，狼是一种威胁。然而，人类竟试图制御这陆地之王。不，王终究是王，岂能被制御？人类于是制造出了一种任凭驱使的狼。犬就如同折断狼的獠牙，改良品种以削减它的凶猛，使其成为对人顺从的狼。

据说那就是狗的由来……

果真如此吗？

看着那只小狗在笼中畏缩成一团的羸弱模样，很难想象这种生物的祖先曾统治过世界。

它乌溜溜的大眼睛很是湿润，有一瞬间与人视线交会，又立刻转过头去。

它是在害怕吗……

狗的眼睛跟人的眼睛很相似。狗是除人之外少数眼白外露的动物。举例来说，连黑猩猩和大猩猩这些灵长类都不会露眼白。

日本有句谚语说，眉目传情甚于口。据说正是因为有了眼白，人类才能仅凭视线来传达感情。想必在狗的身上也是如此。看着它的眼睛，总觉得有几分感情传递而来。

"这狗真是有点可怜。"负责介绍的姐姐话语中满是同情，"看起来像是受过前一个主人的虐待。现在它蜷着身子所以看不清楚，其实肚子上留了很多伤痕。"

"虐待？"我忍不住问道。

"是的。很可惜，在弃狗之中，这样的情况不少见……世上甚至还有专为虐待而养狗的人。把狗百般折磨，玩腻了就扔掉，太过分了。"姐姐叹了口气。

虐狗——我不禁想象起这种从未设想过的行为，随即发觉自己心脏怦怦直跳，呼吸困难起来。

"为什么要做那种事？"

居然有这样的人存在，我简直难以置信。

"谁知道呢？兴许是为了释放压力吧。但狗也是有心的，跟我们人类一样。遭受折磨的话，不仅是身体被摧残，也会留下很深的心伤。"姐姐的话中流露出哀伤。

"那不是违法的吗？算是暴力吧？"

不论情况如何，随意施加暴力都是犯罪——学校里也教过。

姐姐眉头紧锁着说："很遗憾，在法律上，狗只能算是物品，并没有人权这类权利，跟家具或者家用电器是一样的。当然，如果你伤害了别人养的狗，就会构成毁坏财物罪。可是想对自己的狗做些什么，就完全凭主人的自由了。"

"怎么会这样……"我心中涌出义愤。

或许人狗的确有别，可它毕竟是活物，就像姐姐说的那样，是有心的生灵啊。把狗当作单纯的物品来对待，这法律未免有点不讲理。

在学校里，老师告诉我们现在是和平安稳的时代，我也隐约觉得这没错。但这若是某条狗所经历的世界，一定不存在什么和平。

姐姐的视线向在笼中瑟瑟缩缩的小狗投去。

"它也许是幸运的。受尽虐待之后被杀的狗也不在少数，有的就算捡回一条命，也因为受影响太大，心理完全崩溃了。有的狗变得极端凶暴，见人就咬；有的反过来开始啃咬抓挠自己的手脚，表现出反复的自残行为。如果发展成这样……"姐姐停顿了一下，压低语调说，"最终也只能把它们安乐死了。"

换言之就是杀了它们。

"那、那么……这只小狗呢？它应该没事的吧？"

听到我的提问，姐姐露出转悲为喜的神情，点了点头。

"是的，暂时还没事。不过，像它一样身上有伤的小狗，很少有人愿意领养。我们这儿的收容数量也是有限的。最近弃狗的越来越多，如果一直都找不到领养人……"

姐姐含糊其词，但我明白下半句是什么。

如果找不到领养人，这只狗也会被安乐死。

我再次凝视笼中的狗。也许是感觉到了我的视线，狗也不时望向我这边，但绝不跟我对上眼。

是因为看到人的身影就会激起它被虐待的记忆吗？但与此同时，它的举动中似乎又带着求救的信号。

太可怜了。

这也许只是廉价的同情，但它那凄惨的模样，令我无比揪心，又萌生出怜爱。

既然特地来收容中心领养狗，就该选这样的小狗啊。

"我要这一只！"

我话音刚落，就有人"咦？"了一声，是妈妈。

"真的吗？"

"嗯，我喜欢这一只。"

"小凛，你瞧，妈妈觉得那只更可爱一点呢。"

"我喜欢这一只。"

"可是……"妈妈像在求助一般给姐姐递了个眼神，"这种狗，恐怕不太愿意亲近人吧？"

姐姐露出了为难的表情。

"是啊……它受过心伤是事实。相比普通的……或者说没受过虐待的狗来说，会更加胆小，警戒心也更强。我们给它做过最低限度的训练，可要它适应一个新环境的话，很可能吃饭和上厕所都没那么听话。"

妈妈松了口气。

"我就说嘛，所以还是挑其他的吧……"

像是要阻拦妈妈继续说下去，姐姐插嘴说道："啊，不过，它确实是只又乖又懂事的小狗。不会乱啃东西，收容的这段时间里一次都没有过问题举动。还做过绝育手术，不必担心发情。"

姐姐将视线从妈妈身上转向我这边，接着说："只要悉心照顾，我想它一定也会愿意亲近人的。"

"嗯，可是……"妈妈像希望落空似的歪过脑袋，俯视着我，用甜蜜的嗓音说，"我说啊，小凛，咱们家还是第一次养狗对吧？一上来就挑太难养的，也不太合适吧？如果你没能照顾好，本来就受过心理创伤的小狗，不就伤得更深了吗？"

我对妈妈这种措辞感到一阵烦躁。

"妈妈！不是说好了让我自己选的吗？我就是喜欢这只！妈妈不也总是说'不管什么人都有被爱的权利'吗？轮

到这只狗就不算数了吗？它虽然不是人，但也和人一样，是有心的啊。我全都知道的。狗就是被人改良品种、用来消遣的动物，对吧？它们又不是为了被爱才来到这世上的。我就是想给它一点爱！不管是喂食还是训练它上厕所，我都肯做。所以就选它吧。"

我一口气说完，妈妈惊讶地瞪大了双眼，接着苦笑起来。

"也对，小凛你说的没错。对不起，是妈妈不好。行，就挑这只好了。不过偶尔也让妈妈照顾一下它吧。"

"嗯！"

一向都是这样。

只要我认真把话说出来，妈妈就会仔细聆听，不会因为我是个孩子就不屑一顾，而是会再多想一想。如果她坚持认为我错了，就会把她的理由解释到我听懂为止；如果发现是自己错了，就会主动承认，改变自己的想法，就像现在这样。

妈妈很尊重我。

我最喜欢这样的妈妈了。

"真是个懂得体贴的好女儿呀。"交出小狗时，姐姐对妈妈这么说。

"是啊，女儿就是我的骄傲。"妈妈毫无顾虑地回应道。

我羞得满脸发烫。

我也不清楚。

如果被问到为什么想养狗，我大概会这么回答。

非要说的话，直到小学低年级，我偶然在街上见到狗都会觉得害怕。

当时恰巧出了一桩案子，离我家挺远的街区有只被遗弃的野狗袭击了小孩，还成了大新闻。对那时的我来说，狗纯粹是恐惧的对象。

转变发生在我升上小学高年级的时候，或者再早一些。不知不觉间，我已经不再害怕狗，反而开始觉得狗可爱起来了。

或许是因为小学里很要好的同学亚里砂养了狗，潜移默化地改变了我。那是只小型犬，名字叫约翰，乱蓬蓬的毛发让人想给它烫成卷毛。每次去亚里砂家玩，都能看见它乖乖地坐在客厅沙发上。只有呼唤它名字"约翰"的时候才会靠过来，一给它喂食就欢欣雀跃。亚里砂曾说过"约翰是我的家人"。原来在亚里砂家，约翰不仅是只宠物，还是家庭的一员。

约翰的一举一动都惹人怜爱。我刚开始还有点害怕约翰，但渐渐地就不再介意，开始和亚里砂一起给它喂食，带它出去散步了。

现在回想起来，"狗很可怕"纯粹是心里的固有印象，因为我自己并没有被狗袭击过。看到可爱的约翰能作为家庭一员生活在亚里砂家，我对狗的印象或许被刷新了。

我开始相信狗是人类的好伙伴，应该被好好疼爱。

在家附近的河滩上见到有人遛狗，或者在公园里见到有人跟狗玩抛接球游戏的时候，我也不禁开始露出微笑。

我缠着妈妈说想养狗，是因为升入初中后，亚里砂就搬家了。

跟特别要好的亚里砂分隔两地当然是件难过的事，可见不到约翰也同样难受。直到失去之后我才意识到，每周去亚里砂家跟约翰嬉闹的时光，对我来说是无可取代的快乐。

但我绝不是想找一个约翰的替代品。不，或许这种想法也并非完全没有过。不过，约翰终究是亚里砂家的，而不是我家的。

我想迎接一只新的小狗成为我的家人。

妈妈对此也很赞成，于是在高中入学前的这个春假里，我们决定从收容中心领养一只收容犬。

太郎。

给我家新成员起了这个名字的是妈妈。

我一心只想着要养狗，完全把起名的事抛诸脑后了。对我来说，小狗的存在就好比亚里砂家的约翰。但要是起了同一个名字，就真成约翰的替代品了。

我本想给它取个独一无二的好名字，可想着简单做起来难，怎么都确定不了。

纠结了许久，就在要给它取名叫"小球"的时候，妈妈说道："嗯……不过这只狗算是日本原产狗吧？既然这样，取个日式的名字不也挺好的？比如太郎，你觉得怎么样？"

据说这读音甚是奇妙的名字，在很久以前的日本十分常见。

我用智能手机试着搜索了一下，发现直到二十一世纪前后——也就是日本并非日本区，而是日本国的时代——书刊中还经常会出现"太郎"这个人名。像"桃太郎"或者"金太郎"之类的"某太郎"在民间传说故事也不少。

太郎，太郎，太郎。我在嘴里反复念叨了好几遍，觉得这读音像在轻盈翻滚一样，很是可爱，跟这只狗的模样十分相符，我也表示赞成。

就这样，太郎有了它的正名。

当它蜷缩在收容中心的笼子里时确实很难分辨，但正如姐姐所说，太郎的肚子上有好几处伤痕，是烫伤的痕迹。一定是用烟头之类按上去烫出来的吧。不仅仅是肚子，就连肚脐下方，也就是到生殖器的位置都有同样的烫伤，触目惊心，令人不堪直视。

令它负了如此重伤的人类这种生物，对太郎来说无疑是恐惧的对象。把太郎带回家之后，它依然是一惊一乍的，丝毫不敢正视我和妈妈的脸。

我们姑且把空置的客房用作太郎的房间，把它放了进去。于是太郎就战战兢兢地在房间里徘徊，不久后就在角落蜷成团，还撒了泡尿。妈妈一脸惊愕地说了句"真是前途坎坷啊"，但还是陪我一起打扫干净了。

呼唤"太郎"它不给回应。给它喂食时，只要有我或者妈妈盯着看，它就不肯吃。不过，我们离开房间再隔一会儿回去的时候，食物已经不见了。看来食欲还是有的。

接回家的第一天，我在太郎的房间里铺了被褥，想和它一起睡，可只要我躺到它的旁边，它就仿佛嫌弃似的逃走。如此一来，我也只得作罢，甚至开始想：如果听妈妈说的，选一只更好养的小狗会不会更好。

可既然我已经对妈妈夸下海口，就不能轻言放弃。更何况，看过它肚子上的烫伤后，就更不能抛弃遭遇过如此苛刻虐待的小狗了。

我明白它不会轻易就亲近人的。我每一天都拼命努力地照顾太郎。我会让它坐到房间一角的犬用坐便器上，告诉它厕所在这里，就算它不回应也一遍遍地说给它听。有时还会套上狗绳，勉强地带它外出散步。我自认为已经竭尽全力在照顾它了。

然而过了一个月、两个月，太郎仍旧不肯向我敞开心扉。对它说话，它只当没听见。我牵着绳遛它时，它虽然肯跟过来，但丝毫没有一点喜悦的情绪。

坦白地说，我也一样，跟太郎共处的时间并不开心，纯粹是出于义务在照顾它。

没有饲养动物的感觉，更别说获得新家人的感觉了，我面对的简直是个机器狗。不，听说最新的机器狗动起来比真狗还像狗。太郎可能还不如机器狗——我心中不由得浮现这种想法，厌恶也与日俱增。

那是发生在某一天的事。

那一天，放学回家的我心情很低落。

春季入学的那所高中，教学水准很高，要跟上学习节奏真的很辛苦。即便我已经拼命用功，那天领到的期末测试分数仍旧很惨淡，让人连客套话都说不出口。更不凑巧的是，早晨离家前，我因为吃饭时不守规矩被妈妈数落了几句，还跟她吵了一架。一想到妈妈下班回来还得把测验结果给她看，我的心情就沉重极了。更不要说台风正在逼近，低气压让我脑袋隐隐作痛，简直是雪上加霜。

我觉得难过极了，一个人瘫在客厅的沙发上哭了。趁着没人，哇哇地哭出了声。

这时太郎从房间里跑了出来。

我很惊讶。因为在这之前，太郎一次都没主动从房间里出来过。

太郎缓缓地走近我，露出比平时更胆怯的神情，一边窥视着我，一边靠在了深陷沙发的我身旁。太郎用脸颊蹭了蹭我胡乱耷拉的腿。

它仿佛是在安慰我。不，不是仿佛，它就是在安慰我。我只能这么想，似乎还能听到太郎在说"打起精神来"。

我感到胸中涌出了一股温暖的东西。

太郎怎么会不如机器狗呢？它只是心灵和身体都负了重伤，变得太胆怯而已。

即便如此，它还是鼓起劲来安慰哭泣的我。那需要多么大的勇气啊。它果然是只特别特别温柔的小狗。

累积了许久的忧郁之泪，夹杂着另一种泪，从我双眼中扑簌扑簌地滴落。

其实我家也开始养狗了，它的名字叫太郎。

亚里砂，如果你有机会回日本区，或者我去德意志区的时候，就让它和你家的约翰一起玩吧。

八月中旬，我写了上面这段文字，连同太郎的照片一起用邮件发给了亚里砂。

接太郎回家第五个月的时候，它已经不再拒绝和我一起睡觉，也愿意在我面前吃东西了。出去散步时，不用我强行牵着，只要喊一声它就会主动从房间出来。当然，它更不会随地大小便，会乖乖用坐便器了。

我给太郎做了一件外出专用的小衣服。也许有人会反对给狗穿衣服，但我实在不忍心让太郎袒露着肚子上的烫伤走在外面。太郎也不讨厌穿衣服，可以说是乐在其中。

如今的太郎已经能好好地与我对视，我也逐渐开始能够理解太郎的喜怒哀乐。

我与太郎之间的情谊日渐深厚，能够感觉到太郎正慢慢成为我的家人。而我也终于能把领养太郎的事告诉亚里砂了。因为之前还是有点担心，担心没养好太郎该怎么办。但现在已经丝毫没有这种顾虑了。

亚里砂搬走之后，我一直都和她互通邮件。刚开始，我们几乎每天都会互相报告当天发生的事情，但随着时间推移，频率就渐渐变低了。即便如此，还是每周至少互发一封邮件。

听亚里砂说，她从今年春天就加入了德意志区爱狗人士聚居区的一个名叫"淑女（Lady）"的社团。前不久，她还给我发来了"淑女"的成员与她们各自所养犬只的合影照片。与亚里砂一同出现在照片里的约翰比在我们这儿时瘦了一些，但邮件里说它很健康。

我畅想着有一天能让亚里砂的约翰和我的太郎见个面、一起玩耍。如果我有机会去德意志区，也很想和"淑女"的成员交流心得。

亚里砂的回信是第二天发来的。

当时我正在写暑假报告，报告的主题是"战争"。据说它与"歧视"和"垄断财富"并列，是人类一直持续到二十一世纪的"三大愚行"之一。又听说日本区的前身日本国就进行过无数次战争，还使许多人沦为了牺牲者。

从高中起，学校里才会正式教授"三大愚行"的相关知识，学得越深越觉得难以置信。

为什么古人要进行战争呢？人与人之间有想法的出入，自然会争吵，就连我也一样，时常跟妈妈斗嘴。但要是杀了对方，不就没结果了吗？为什么不好好商量来解决问题呢？据说过去没有现在这样统一的世界政府，人是分别生活在不同国家的。即便如此，集团与集团之间的残杀也令人难以理喻。

歧视与垄断财富也一样。因为肤色或者与生俱来的身体特征、个性而歧视他人，只让我觉得愚不可及。明明大家共享资源才能让社会和经济更好地运转起来，这比垄断好得多啊。

不过，也许正因为想不通为什么会这么做，才被称作"愚行"吧。

我为了写关于战争的报告，用家里的电脑查资料的过程中，得知曾有许多狗都被当作战争工具。正当我感慨这真过分的时候，回信邮件来了。

小凛，你也养狗了呀！

太郎真是个好名字。照片也很可爱。

其实……约翰今年春天就死了。它不能和小凛的太郎一起玩了，真是好可惜。

读到这里，我不由得"咦"地惊叫出声。

约翰……死了？

然后，我通过"淑女"的介绍，又接了一只新的小狗回家。

它叫阿道夫。

现在我和它相处得很好。

邮件里没有一个词表达失去约翰的哀伤，只附上了新养的那只阿道夫的照片。

那是一只毛色黝黑、身材魁梧的狗。

再怎么说，她对约翰的态度未免也太冷淡无情了。可我很快就意识到了这是为什么。

这是亚里砂在照顾我的感受。

正因为亚里砂知道我有多么喜欢约翰，才故意这么轻描淡写。之前发来的照片里，约翰就很瘦削，说不定从那时起身体就已经不好了。她也许是为了不让我过度担心,才瞒着不说的。

我当天晚上回复了她。

> 约翰的事情,我实在是太吃惊了。真遗憾。
> 最伤心的一定是亚里砂你自己吧。可你为了不让我太难过,还故意说得那么轻快,谢谢你。
> 新的家人阿道夫,长得好帅气呀!

亚里砂的下一封来信已经是三天后。
内容与此前的笔谈内容毫不相关,只有短短一行,如此问道:

> 小凛,你知道"第四愚行"吗?

我都不明白她突然间在问些什么,很是困惑,于是直白地回复了她。

> 不知道。那是什么?电影还是小说的标题?

学校教的是"三大愚行"。我根本不知道还有第四种愚行。不论哪个区的高中,教的内容都基本相同。不可能只有德意志区在教别的东西,所以我还以为这是某部作品的标题。

亚里砂很快又给我回复了。

> 不出所料,你果然不知道。我妈妈也不知道,似乎大人里不知道的也占绝大多数。
>
> 其实除了教科书上写的"三大愚行"——"战争""歧视""垄断财富"之外,古人还犯过另一种愚行,甚至可以说这"第四愚行"才是万恶之源。据说人类是在克服这种愚行之后,才成功阻止了其他愚行的。
>
> 但现在的世界政府把这件事列为"非必要的知识",还禁止在学校里传授。听说图书馆也不会把与"第四愚行"相关联的书陈列在公共书架上。而只有在研究生院、政府研究机构之类的场所专攻这个方向或者搞研究的人才知道详情。

得知约翰死讯时我曾大吃一惊,而此刻是另一层意义上的诧异。

她是想说世界政府藏着一个大秘密?这无异于电影小说。

真的有这么回事吗?假设真的有,那普通人知道了这种事,难道不会被世界政府当作危险人物吗?

亚里砂的邮件内容仿佛已经预见到了我的不安,她接着写道——

  我这么写,就好像掌握了什么不该知道的秘密。不是这样的,你放心。在专家和政治家之中,也有不少认为大众有必要充分了解"第四愚行"的人。世界政府内部也分成了意见不同的几派人,擅自调查和个人告知个人并未被禁止。

  我来到德意志区之后,就从"淑女"的成员那里得知了"第四愚行"。其实"淑女"这个组织,表面上是爱狗人士社团,同时也是个散布"第四愚行"相关知识的团体。

  所以——如果小凛你也愿意了解的话——我想把"第四愚行"的真相告诉你。你肯接受吗?

  坦白说,你知道了肯定会大受震撼的。也许你会没法立即接受这个事实。知识这个东西,一旦知晓就再也无法回到无知的时光,你恐怕会烦恼痛苦好一阵子。我也一样。

  但我认为还是趁早知道为好。因为只要你真正理解了我的话,就能明白我们人类是怎样构建起当今社会的,也能明白人和狗之间的正确关系。在上一封邮件里，你说阿道夫是我的家人，对吧？你错了。阿道夫不是家人。我得到了新的知识，所以能够和狗建立起正确的关系了。我觉得这真是太好了。

我把她邮件中的文字反复读了好几遍。

越读下去就越觉得……该怎么说好呢……觉得心慌。"第四愚行"是个什么东西，我完全不得而知。从亚里砂的行文来看，总觉得一旦知道这秘密，就会发生些无法挽回的事情。

但我很好奇。从最后几句话来看，似乎和狗也有些关系？"阿道夫不是家人"，这是什么意思呢？"人和狗之间的正确关系"究竟是什么啊？她这种吊人胃口的写法让人特别在意。或许亚里砂是顾及我的感受，在坦诚地征求我的许可，但我不禁觉得字里行间里藏着点捉弄人的意思。

我思考了一整晚，第二天给她回了信。

我想知道。请告诉我"第四愚行"是什么吧。

我终究还是忍不住问了。毕竟亚里砂说"这真是太好了"。既然如此，对我也应该是件好事。

亚里砂的回信是又过了两天后才来的，已经是星期五夜晚了。邮件中还添加了几份资料附件。

里面所写的内容，一如亚里砂曾经警告过的那样震撼。虽然不至于天翻地覆，但也绝非立即就能消化下去。

"第四愚行"自不用说，但更令人难以置信的是——亚里砂竟然亲自杀死了约翰。

知道这件事时，我忍不住哭了起来，甚至想吐。

真不该知道。要是永远不知道就好了。可一旦知晓，就再也回不到无知的时光了。就连这也一如亚里砂信中所写。

我把她给的资料反复通读了好几遍。某种意义上，我或许已经沉溺于其中。尽管里面的内容大多令人不快，但越读下去，就越有一种茅塞顿开的感觉。啊，原来如此，怪不得世界是这个样子啊！我每读一遍都更加心悦诚服。

人类能够成功克服学校里教的"三大愚行"，全都是因为克服了这"第四愚行"所带来的自然结果。人类从那一刻起就实现了进化。于是，连狗也……

恰巧这是一个周末，收到邮件之后的整整两天，我几乎是不眠不休地读了又读。妈妈误以为我在拼命自习，还特地把饭菜端到我房间里来。

我猜妈妈多半是不知道"第四愚行"的。应该把这份资料给妈妈看一下吗？

不，比起这个，还是关注我自己吧。

我该怎么做才好？

心怀着一种茫然的纠葛，时隔将近四十八小时，我终于踏出自己的房间，往客厅走去。妈妈好像在自己的书房工作，客厅里没有别人。明天是星期一，今天不如就先洗个澡，睡个好觉吧。

就在这时，或许是察觉到我的动静，太郎从房间里跑了出来，然后一脸灿烂地来到我身旁。

太郎已经完全对我放下了心防，它一定很喜欢我吧。不，它彻底对我死心塌地了。我一直把太郎视作家庭一员，太郎便渐渐把我当成了家人。我也一样，曾经是那么喜欢太郎。

曾经？

这件事在我心里已经变成过去式，令我大为愕然。

人和狗之间的正确关系——我想起亚里砂在邮件中写的话。人和狗不应该成为家人。获得了新知识的亚里砂改变了她与约翰的互动方式。从结果而言，她杀死了约翰。

我屏住呼吸，一边抚摸着太郎的脑袋，一边让它的身子在沙发上仰卧过来。太郎非常信任我，既没有抵抗，也丝毫没有嫌恶的意思。

我不会在家里给太郎穿衣服。它肚子上的烫伤痕迹袒露无遗，从下腹部一直延伸到生殖器的位置。我能感觉到自己的心脏跳得飞快，就要蹦出嗓子眼了。

莫非……

莫非，太郎之前的主人根本就没有错？之前的主人，也许只是在矫正与狗之间的关系，以确保其正常。

我轻轻伸出手，试着摸了摸太郎的生殖器。

太郎很吃惊似的，抬头看向我。我不理它，继续用手掌摩擦了一下它的生殖器。

接着，它一转眼就变硬变大了。

就如同资料里写的那样。

我简直毛骨悚然！

我胸中同时涌出了兴奋与厌恶感。

太郎紧盯着我的眼睛里流露出胆怯的神色。被前一个主人虐打过生殖器的记忆一定在它脑中复苏了吧。

如果是过去的我，恐怕会同情起太郎来，但如今的我已经获得了知识，只觉得它们是自作自受，这股轻蔑的感情越发强烈鲜明。

一想到资料上所记载的那些狗曾对人类犯下的滔天罪行，我又如何能保持冷静呢？

并不是太郎这个个体犯了罪。严格地说，并不是狗犯了罪，而是狗的祖先干的好事。但太郎身体里流着来自祖先的血液，即便多少经过了一些品种改良，它们也终究是同一种生物。

我从小时候就那么害怕狗，看来并非错觉。因为这个物种本就是恐怖又极具暴力的生物。

"狗曾经是名叫狼的动物，是大地的统治者，而后来被人驯化成了家畜"，这段在外界普遍流传的犬类诞生故事，本身绝不能说是错的。但它背后还藏着一些更深的信息，也就是所谓的"非必要知识"。

首先，"狗"与它的祖先"狼"仅仅是一种俗称。

还存在着另一种与太郎、约翰这类狗彻底不同，归属于另一犬科犬种的动物，而它们的祖先也叫作"狼"。这条线上的狗和狼才是正宗派系。

然而，狼现在已经消失了，狗虽被长期当作宠物或家畜豢养，与人类共存至今，但在二十二世纪初叶就变成了濒危物种，如今只有研究机构才会饲育。

一段时间之后，人们提起狗时，说的不再是正宗的犬科犬种，而是专指这些和我们人类一样双足步行的狗了。

归根结底，这个俗称源自人们将狗的祖先比喻成了狼。

而被隐匿的信息中最为重要的一条就是——俗称为"狼"的犬类祖先，拥有和我们人类几乎一样的染色体，只是最后两条并非XX而是XY。换言之，它们是与人类几乎同种的生物。

而那种生物又曾被称作"男人"。

根据亚里砂发来的资料，所谓的"第四愚行"指的就是"有性生殖"。

雄雌异性个体，通过交配等方式交换基因，从而诞生出

023

新个体。通过将两个的基因混合起来，能够确保个体的多样性，并会引发一定概率的突变，促使长期进化，这就是有性生殖。

以除人类之外的哺乳动物为首，有许多动物都采用这种方法繁育子孙。

现如今，人类的亲代个体是以自己的基因为基础，赋予随机变化后再进行培养，以单性生殖的方式生孩子。那在科技发达之前，人是怎样留下子孙后代的呢？仔细一想确实值得玩味。

答案很简单，人类也曾经是有性生殖动物，跟其他动物别无二致——直到上世纪为止。

繁殖的伴侣就是"男人"，而我们人类曾被称作"女人"。

也可以说"男人"就是在遗传上存在缺陷的"女人"。"男人"比"女人"更难适应疾病与环境变化，很容易死。它们欠缺合作性，十分好战，也不擅长与他人建立对等的伙伴关系。不仅如此，它们还比"女人"更难感受到幸福，精神结构上也更惧怕压力。

若说"男人"有什么可取之处，顶多就是骨骼更强壮、肌肉量更多一点。对这一系列特征进行分析后，就不难理解，"男人"是一种为了生殖而给"女人"提供基因，在女人疏于防备的怀孕、生产、育儿期间抵御外敌，当孩子充分成长后就完成使命并早早死去的动物。这才是生物学上的准确"男性"定义。

可没想到,"男人"却滥用骨骼强壮、肌肉量多的特点,支配了"女人"。更进一步地,"男人"之间还形成了细分的派系,开始互相争斗,使社会变成了只有胜者才能垄断财富的形态。那样的社会无疑是欠缺稳定性的,每天都有不计其数的人死伤,又诞生出一批批挣扎在饥饿与贫困中的人。

"三大愚行"所指的"战争""歧视""垄断财富",全都是"男人"的所作所为。

但人类终究还是凭借科学与文化的发展克服了这些问题。二十一世纪后期,人们开始意识到:造成人类所直面的诸多难题的根本原因,正是"男人"特有的气质——也就是"男性特质"。就连"男人"之中也有不少受到自身男性特质所折磨的个体。尽管这种思潮很早以前就存在,但只有在科学技术发达之后才能达成完美的性别选择、用药物控制"男人"的特质,乃至实现当今主流的单性生殖。此后,情况就大为改善了。

人类不再催生出"男人",而"男人"的数量也就逐渐减少了。另一方面,很多"男人"也接受了缓解男性特质的治疗。

"男人"之中有拒不配合、用暴力手段抵抗的群体,当然也有服从那批"男人"的"女人"。不过随着"男人"的减少,世界就在平和与平等的氛围下越发丰饶,好事接踵而来。

没多久,自然而然的,"男人"迎来了灭绝的危机。

自从单性生殖成为主流,"男人"完全就成了无用之物。但是人类为了避免它们完全灭绝,创造出了一出生就立即切除其部分脑组织、使其最大限度无害化的"男人",以玩赏动物的形式保存了这个物种。它们就是现在的狗。

人类未放任"男人"灭绝,以狗的形式留下它们的关键原因,就是要确保生物多样性。不论此前情况如何,灭绝的动物还是越少越好。

其实还另有原因。

据说有人把这个原因定义为"复仇与排遣"。

昔日,"男人"统治世界的时候,做了很多穷凶极恶的事情。它们破坏地球环境,将本应是同胞的"男人"也视作仇敌,毫不留情地加以攻击。而更加残酷的就是对"女人"——对人类的压迫。

"男人"放弃了生物学上被赋予的职责,从"女人"身上夺取了方方面面的权利。它们只不过是基因的提供者,竟萌生出了"是自己使'女人'怀孕生子"的虚妄意识,炮制出了一个以"男人"为中心的社会。"战争""歧视""垄断财富"都只是那种社会的副产物。不仅如此,"男人"还对"女人"进行性剥削,并将其作为一种娱乐来消费。

我看了邮件附件中的资料视频后，因为过于触目惊心，差点晕了过去。视频内容就是曾以"成人录像"这一名称大肆传播的影像，里面记录着"男人"——也就是狗，对"女人"——也就是人类，进行暴力侵犯的场面。况且，片中的人类很快就沉溺在快乐之中，对被狗侵犯一事充满了喜悦……总之就是如此编排的虚构娱乐作品。我无法理解以此为乐的逻辑。

面对曾经犯下如此滔天大罪的狗，人类本应享有复仇的权利。

直至二十一世纪，狗都被当作人来看待，也受人权之类的保障。而后，这一切权利都被剥夺，知性也被剥夺，成为受人支配的玩赏动物。人类可以在任何时候随心所欲地处置狗。像家人一样疼爱它们自然没问题，如果厌烦了也能殴打伤害，情况严重时也能杀掉。法律上将狗定义为物品正是基于此。考虑到狗曾经的所作所为，人类理所应当地享有这种程度的权利。

有人还认为这种复仇还给人类带来了一种好处——"排遣"。

至于排遣什么，那便是"暴力"。

即便我们人类没有"男人"这么残暴至极，但也并非与暴力无缘。尽管相比二十一世纪之前已经大为减退，但暴力犯罪仍然时常发生。

反观我自己，三天两头跟妈妈吵架，和朋友相处也并非总是那么融洽。当然，至今为止我一次都没有使用过暴力，但也有好几次产生过"想打她"的冲动。

我的身体里也潜藏着暴力。谁都应该有一点。这一定是身为动物与生俱来的本能。

最重要的是用理性来压制住暴力。不过，如果谁都能百分百做到，世上就根本不会发生暴力犯罪了。毕竟每个人都知道暴力是不对的。

明知不应该却忍不住出手，这才是暴力的麻烦之处。为了预防这种现象，最好是以某种方式来进行排遣。而这也得到了心理学上的证明。

就算不是格斗技这种直接的形式，运动似乎也能起到间接排遣暴力的效果。享受电影、漫画这类虚构作品也一样。但实际行使暴力终究强于替代品，是最具有排遣效果的。

而能被当作对象的就只有狗了。

人类不管如何处置狗都行。当然，视作施暴的对象也没问题，甚至就应该这样。因为当狗还是"男人"的时候，它们就已经滥用了无数暴力，所以杀死过的人类数量触目惊心。或者说，它们通过性暴力使人类负上了无法磨灭的心伤。既然是复仇，就应该施以同等甚至更甚的行为。这么做的同时如果还能排遣人类的暴力，不就是一举两得了吗？

亚里砂在邮件中所写的"人和狗之间的正确关系"正是

指这件事。

虐待狗反而是一件正确的事。

我的视线死死盯着太郎那涨大的生殖器。那上面已经有无数的烫伤痕迹。本就令人毛骨悚然的形状上，更添了几分怪诞。

之前的饲主一定也在这里施加了虐待。我很能理解亚里砂的心情，尤其是看过那种资料之后。

这种动物因其犯下的罪行而理应遭到报复，一点都不可怜。收容中心的姐姐说狗也是有心的，但犯下那种残忍罪行的心根本毫无价值。更何况法律规定了它是物品，有没有心都无所谓。

之前的饲主用的是火烧，那我就试着把它切了吧。

我从书桌抽屉里取出了美工刀。

美工刀刃上泛出金属独有的光泽，映入我眼帘的瞬间，我的心脏就仿佛跳到了嗓子眼，一阵心悸。我能察觉到背后渗出汗来。一股令我鸡皮疙瘩直冒的寒气与一股仿佛要把脏腑煮沸的燥热同时袭来。

兴奋。没错，我很兴奋。

当我在收容中心得知太郎遭受过虐待的时候，当我把太郎带回家后第一次见到那些伤痕的时候，我的心跳就变快了。我终于意识到，那时候的我其实是兴奋了起来。

这份不加掩饰的兴奋，也是我身体中暴力的铁证。

太郎露出胆怯的眼神看着我。它的视线让我的兴致越发高昂。

啊，我必须立刻排遣这股冲动！

这是正确的事。

我推出美工刀刃。那声音无比刺耳地回响起来。

咔叽、咔叽、咔叽咔叽咔叽——

1

二〇二〇年十二月二十八日

后脑勺隐隐作痛。

并不是痛得难以忍受,还不至于影响到日常生活。这种程度的痛,不必特地去吃止痛剂,但也确确实实疼痛着。

PMS,这是一种名叫经前期综合征的生理期前不适症状。

同样是 PMS,每个人的差异很大,症状与持续时间也不同。葛城梨帆的情况大概就是生理期前一周开始头痛,燥热感像点着了一样直冲头顶。在低气压时或者伏案工作时也会头痛,但大多只是在额头上一跳一跳地疼。可这种伴随着气血上涌,整个后脑勺像被缓缓勒紧的疼痛方式是 PMS 独有的感觉,每个月都知道"又要来了"。在这之后,生理期正式开始,又轮到肚子疼了。这个叫月经困难症,俗称痛经。

PMS 跟痛经合起来,就占了一个月的三分之一,有时候甚至一半。梨帆在这些日子里身体通通"不调"。

感觉上好像惨得没天理，但又不知道该向谁诉苦。向神吗？那也只能认命。

梨帆一边尽量把只能认命的痛觉驱赶到意识之外，一边收拾着书桌。她把不用的资料整理起来，丢进这层楼的废纸收集箱里；把参考图书类全都放回资料架，文具类整理好收进书桌抽屉。现在她把书籍资料分门别类放在一起，还贴上了标签，从外面就能看清分别是哪份资料。

这样就行了。

看着自己收拾洁净的书桌，她满意地点了点头。

梨帆本就不是个会把桌子搞成一片脏乱的人，但这必须加上"在图书编辑中"这一附加条件。编辑总是同时处理好几本书，经手大量的原稿、样书、资料，桌上自然而然就会逐渐进入混沌状态。

能在今天一天里就收拾得这么干净，大概是因为今年有把层层累积在桌面的文件整理一次的机会，多亏了"新冠"——这又不是什么好事，应该说都怪"新冠"。

东京发布紧急事态宣言的那段时间里，编辑部除了最终校正之外，原则上都是远程办公。紧急事态宣言过去之后，也有好一阵子是半远程状态，所以每周有超过一半的时间在家中工作。梨帆把需要的文件都搬回自己家了，结果而言就是把东西分成了需要和不需要两种。

纯粹是因为东西越少，收拾起来越容易。

话又说回来，这一年真是发生了太多艰难的事情啊。

她忍不住就沉浸在这老套的感慨中。

二〇二〇年在今后一定会被说成是"艰难的一年"吧。说不定，明年，二〇二一年也一样。

当然，每年都有某种"艰难"之处。对梨帆个人来说，或许有比今年更"艰难"的年份，比如高考那年、找工作那年，又或者离婚那年。

但令许多人感同身受的特殊"艰难"时期仅限于今年。在梨帆的记忆范围内，经历过东日本大地震的二〇一一年和美国同时发生多起恐怖袭击的二〇〇一年也差不多。如果年纪再大些的人聊起这种话题，有不少人会提到阪神淡路大地震与地铁沙林毒气事件接连发生的一九九五年。当时梨帆还在读小学，尽管没有直接受灾害影响，但大人们一片慌乱的情形令她印象深刻。长大之后，她才理解了这些事件有多么重大。如今的小孩长大之后，或许也会像这样回顾二〇二〇年：学校突然就停课，又不得不戴口罩，很莫名其妙。

为了给这样的一年画上句号——其实倒也没这么夸张——梨帆决定把书桌收拾干净。就好像要把这杂乱无章的一整年，或者把发生在自己身上的种种整理一遍。

"葛城小姐……哇，好厉害！这么干净！"

梨帆听到声音回头一看，原来是杂志编辑部的仁科。她是比梨帆入职晚四年的后辈。

梨帆把兜在下巴上的无纺布口罩提起，盖上嘴巴之后答道："是吧？费了好大劲呢。今天是年底最后一天上班了嘛。"

公司里姑且还是规定与人说话时要戴口罩的。

"啊，不好意思，口罩——"

仁科从口袋里掏出黑色的氨纶运动口罩，盖住嘴巴。

杂志编辑部里的总编是个坚持"新冠只是小感冒"论点的人，根本不理会规定也不戴口罩。编辑部中萦绕着一股不得不迎合总编的氛围，平日里谁都不太好意思戴口罩。

"你那边也挺一言难尽的啊。"

"没有没有。话说回来，葛城小姐，你每年都把桌子整理得这么干净吗？"

"不是啊，今年这样彻底地收拾还是头一次。不过没想到真挺爽快的。"

"是啊，我光是看着都心情舒畅起来了。但我肯定没法收拾到这个地步，做到一半就要打退堂鼓了。我家里的房间也是乱七八糟的。"

"是吗？"

随口附和之后，对方丢回来一句："葛城小姐真有女人味啊。"

你是在夸我吗？梨帆本想这么问，话到嘴边又咽了下去，只答了句"谢谢"。

"抱歉，刚收拾完就要给你添点东西了——"

仁科把手中的信递了过来。

"这封信寄错地址到我们部里了，但收信人写的是葛城小姐。"

接过信，看了一眼收件人栏，是一行字迹端正、很好辨别的钢笔字，写着"新央出版 第二编辑部"，下面又写了"葛城梨帆女士收"，并且在收件人旁用红字写着"内有小说原稿"。

"现在收到小说也只觉得头疼吧？"

"呃……嗯，没关系啊，谢谢你。"

梨帆收下了信。

"那就先告辞了。"仁科反身而去。从背影就能看出她立即把口罩摘了。

梨帆坐回办公椅，再次打量信封。

第二编辑部是梨帆曾经所属的部门，专做小说，办了一本名叫《小说新央》的小说月刊杂志，也出过单行本和文库。但大约在三年前，新央出版决定退出小说市场，部门也自然解散了。

当时进行了组织重构，过去的第一到第四编辑部是按照所编书目种类来分的，后来被重组成书籍编辑部、杂志编辑部、媒体部这三个部门。梨帆被分配到书籍编辑部，不再做小说，而是编起了财经书籍和社科类新书。

这几年，小说，尤其是小说杂志和单行本的销量每况愈下，中小型出版社光是维持下去都很困难。《小说新央》是一本有五十年历史的杂志,如果能继续做,经营团队倒是也想坚持下去,但据说是因为再做下去公司就要倒闭了,才决定裁撤的。

所以仁科说"现在收到小说也只觉得头疼"是没错的。

对了,是谁寄来的呢?是以前有过工作交情的作者吗?

收件人写了具体姓名,说明至少是认识梨帆的人。不过,现在大部分作家都直接用邮件发原稿了,就算是不用电脑的人,在寄出原稿前也会打个电话。再说了,在这个圈子里的人,应该早就知道新央出版不做小说了啊。

梨帆想着把信封翻了个面。寄件人栏没写地址,只写了个名字。

志村多惠

是谁来着?

好像在哪儿听过,不,应该是在哪见过这个名字。在记忆中搜索了一会儿之后,梨帆"啊"地叫出了声。

对了,是写《养狗》的人。

在那之后,她真的还在写小说啊……

梨帆微微屏住呼吸。与此同时,后脑勺又隐隐地痛了起来。

那是什么时候的事?

……对了,二〇一三年。那年圣诞节,梨帆被当时的恋人、现在的前夫求婚了,比那时更早一点点。

记忆开始复苏。

二〇一三年十月二日

一大早就在下雨。本应结束的夏季仿佛留下了小尾巴，是个闷热的日子。那一天，梨帆也犯着 PMS 的头痛。或许是因为气压太低，头痛比往常更强烈。

午饭后，梨帆吃了止疼药，就参加了"小说新央短篇奖"的最终选拔会。那是当时尚存的《小说新央》举办的公开征稿型新人奖。顾名思义，只面向折合八十张原稿纸以内的短篇小说。

在日本的出版行业中，小说大致分为注重艺术性的"纯文学"和注重娱乐性的"大众文学"。尽管二者并非泾渭分明，但在介绍杂志或书籍的时候，或者陈列在书店货架上时，为了方便还是会用这种方式区分。

《小说新央》的征稿规则中虽然宣称不论体裁，不过由于活动主体《小说新央》是主要刊登大众文学的杂志，实质上就是个大众文学奖。

短篇奖的奖金是三十万日元。如果是长篇的新人奖，出个几百万日元的奖金也并不稀奇，但短篇奖的市场价也就这么多了。

每年征得的稿件数量大约是三百篇，首先会请几名书评家或新人作家分别品读，进行第一轮选拔。这被称作预读。

第一轮选拔是看能否"留下"的选拔。为了避免预读阶段就有因个人好恶而落选的情况发生，会请评委们手下留情，只要作品完成度达到一定水准，即便不符合个人口味也要先留下来。饶是如此，能通过第一轮选拔的也只占每年应征作品的两成，大约六十篇。

公开征稿的新人奖因其人人可投稿，便会收到一大堆"连小说都算不上"的低水准作品。尽管也有好作品寄来，但这玉石混杂之中，仍旧是"石头"占绝大多数。

有的连"的地得"都用不利索，在最基础的遣词造句上就有问题；有的文笔还行，内容却语无伦次；有的给小说奖投来了诗歌或者散文。最多的一种情况在编辑部里被称作"大叔吹牛记"。往往是那些退休后的中老年男性以自己为原型写的自传体小说，其可怕之处就在于每一篇的内容都像是一个模子里刻出来的——解决工作危机，与喜爱的年轻女职员结合。当然了，以自己的经历为题材写小说并没有什么错，利用公司职员时期培养的专业知识营造出独特文风并大有所成的作家也有好几个。但这些"大叔吹牛记"中一大半都只体现了个人愿望或者自我表达欲，是名副其实的"不像话"。

第一轮选拔刷掉的主要就是这类连小说都算不上的作品，筛选出的作品会由参与过预读的人和编辑部全员来阅读，再进行第二轮选拔，挑出最终候选作品。

第二轮选拔是从玉石混杂中去除大部分"石头"之后，再挑选出光泽夺目的"玉"。挑选的是作品与它背后的写手。获奖作品将刊登在《小说新央》上，之后会配备责编，协助作者写出后续的作品，以便推出书籍。换句话说，就是能使他们出道成为专业作家。

再下一轮的最终选拔，就是由众人讨论并筛选出最值得本奖项的作品。

编辑部在第二轮选拔的时候，会为留在最终选拔中的作品指派一位假定的责任编辑。如果这部作品获奖，就会成为正式的责任编辑，协助作者出道及获奖后继续执笔写作。

按照历年传统，通过第二轮并留到最终选拔的作品是六篇左右。那一年——二〇一三年——也不例外，有六篇来到了最终选拔，而《养狗》就是其中之一。梨帆成了它的假定责编。

《养狗》在第一、第二轮选拔中获得的评价都很高。从附在原稿中的个人资料来看，投稿者志村多惠是个五十岁的主妇，似乎过去并没有投稿履历，但她的文笔很流畅，给人一种很熟悉写作的印象。内容也不错：刚开始让人误以为是描写少女与收养犬只之间交流的传统动物故事，而后半部分实现了强烈的反转。重读之后会发现从铺垫开始就在各处埋下了伏笔，令人甚为惊叹。

在第二轮选拔中，有人也曾提出过反对意见，认为后半部分的故事展开十分重口味，可能会使部分读者产生不悦。但作品本身的水准已足够高，仍然留到了最终选拔。

梨帆刚读到它，就觉得"不留下这篇还能是哪篇？"，假定责编也是她向总编毛遂自荐的。编辑的情有独钟对作品面世也是一件好事，所以大部分情况下，都会满足个人希望的。于是梨帆就真成了志村多惠的假定责编。

留到最终选拔的投稿者都是由假定责编直接打电话通知的。梨帆拨通了个人资料中写的家庭电话号码，对方立刻接通了。

志村多惠的嗓音很细小，但情绪很丰富。

"真的吗？"

一听到当年投稿总数三百零九篇中只有六篇留到了最后，她用又惊又喜的语气回问道。梨帆回答说"当然是真的"，然后告诉她十月二日还有最终选拔，出了结果会再打电话通知。如果她获奖，希望能写新的作品来结集出书，到时自己会当她的责编。

于是她开口了——

"我想当个小说家，能成功吗？"

那声音仿佛不是来自一位五十岁的主妇，而是来自一位面对陌生未来时心怀期待与不安的少女，话语声中满是殷切。梨帆回答了她的提问：

"尽管没法保证选拔结果，但在这次的应征作品中，我认为志村女士您的《养狗》是很突出的。"

在结果出来之前就让对方抱有过高期待的说辞并不是件好事。但她言语间的殷切之情不知为何打动了梨帆，忍不住就说出了口。

接着,在那个下雨天,迎来了最终选拔会。

地点同往年一样,是在公司的会议室。选拔委员是两位专业作家。委员也能算是奖项的招牌,所以每年都会请来知名度很高的作家。那年是男作家 M 和女作家 F,两位都是五十几岁,来自同个年代,也都是拥有众多拥趸的高人气作家。

总编担任着主持和推进会议的职责,而梨帆这种编辑部员工则是以与会的形式,共同出席、见证选拔过程。

梨帆说志村多惠"很突出"并不只是空口的应酬话。即便从公平的视角来看,梨帆也觉得《养狗》要比其他篇目高出一筹。编辑部成员和参加预读的书评家中即使有说"不喜欢"的,也都必定会加上"但是"这个转折词,再说句"完成度最高"或者"确实有趣"来肯定这部作品。

万一男作家 M 讨厌这部作品,女作家 F 也一定会强推。即使产生争议,最终《养狗》获奖的可能性也是很高的。

但是,梨帆的期待在会议开始不到五分钟时就被打碎了。

选拔会上首先会按照一部部作品的顺序依次听取选拔委员的点评,而《养狗》就排在第一个。

M 一开口就这么说:

"我可不想把奖颁给这么下流又让人不愉快的小说啊。"

梨帆差点忍不住喊出声。M 接着说道:

"这个人是不是讨厌男人啊?这就是所谓的女性解放?最近

都叫'女权主义'了吧？是哪个都无所谓了，肯定是跟丈夫处得不好，就把郁愤写成小说了。关于主题嘛，肯定是她想写什么就随她的便，但也没必要写成这种低级趣味吧？这跟我心目中的娱乐小说有点不同。然后啊，就是这后半部分的结构设计。确实算是有点出人意料，但因为引入了科幻元素，就出现了种种硬伤。比如说，智能手机啦，电脑啦，邮件啦，这是人类能单性生殖造小孩的未来故事吧？怎么还用这些玩意儿呢？再说了，那种生殖的原理写得像克隆似的，让人难以捉摸啊。另外，小说里的朋友既然搬家去了德国，那她参加的奇怪团体也不该用英语的Lady，而应该是德语的Dame吧？我也知道这有点吹毛求疵了，但怎么说好呢？感觉就是没见过世面的中年妇女硬要写点东西吧。"

M在说话过程中夹着好几次苦笑，把《养狗》批判了一番。

梨帆听着听着就对他的态度火冒三丈。他明摆着看不起这部作品，以及写出作品来的志村多惠。"没见过世面的中年妇女"就是对写手的侮辱，根本算不上点评。况且，他对作品的指摘也并没有说到点子上。智能手机怎样怎样，德语怎样怎样，指出来细说就好像确实有问题。但正如他本人所说，就是吹毛求疵。"跟丈夫处得不好，就把郁愤写成小说"这种武断评判也让人难以接受。就算真是这样，那又有什么问题？执笔的动机与作品的评价本应是两回事。嘴上这么说别人，可这位M大作家也以自己跟情人之间的复杂爱憎关系为题材,写过好几部作品。这事在行业里很有名。"跟我心目中的娱乐小说有点不同"这种话太过于抽象,说了跟没说一样。

很明显,M 在评判这部作品的优劣之前就生理性地厌恶它,不论如何都要否定它。梨帆一直强忍着想要怒骂"给我适可而止一点!"的冲动。

"这批评可有点严厉。F 老师您觉得《养狗》怎么样呢?"

M 讨厌这部作品本在梨帆的预料之中,但说实话,没想到他会批得这么一无是处。不过,如果是 F 的话……F 应该会认可这部作品,反驳 M。梨帆真是这么想的,然而——

"我倒是不觉得有那么不行……但是,这么说吧:我无法对它做出积极的评价。关于这部作品的娱乐性,我和 M 先生持相同意见。我觉得创意本身并不差。只不过——这也夹杂了我个人的好恶——我很受不了这种靠结尾一瞬间反转的短篇。假如是有充分解谜提示,最终揭晓意外真相的推理小说,那就另当别论,可这篇《养狗》只是作者把隐藏信息藏到最后才放出,让人吃惊而已。我知道有些人就是喜欢这样的,但我自己没享受到。还有,这个结尾,还是太袒露恶意了。我不知道写这篇小说的人在私下发生过什么,也觉得无所谓,只是认为男性贬抑的想法过头了。"

她选择了比 M 谨慎不少的措辞,避开了对作者的人身攻击,但这无疑也是恶评。梨帆听着听着,甚至有种眼前一黑的错觉,她没想到连F都会否定这部作品。

F写了不少以单身女性的自由与言行不一的郁结为主题的作品,梨帆上学的时候就读过好几本她的书。她还记得找工作面试时被问到喜欢的作家,列举的正是F的名字。

梨帆没有直接负责过她的书,所以不清楚她的为人,但从文风来推断,本以为她在这次的候选作品中会更支持《养狗》的。

侧重结尾反转、太袒露恶意,F的指摘也很切中要害。她确实不写太依赖结尾的作品,就算写黑暗主题时,下笔依然平和冷静。

M像是深得我心似的点了点头。

"没错没错。男性贬抑,男性贬抑。我不也是个男的嘛,读了果然就是不舒服。"

"说的对。那种把世间的罪恶全都归结在男性身上的写法,我也觉得很不对劲。"

没读懂。

梨帆对两人的对话很是惊愕。《养狗》并非是主张将恶事都推到男性身上的小说。的确,文中描写的世界因为男性的消失获得了表面上的和平,但同时又描写了那种世界的惊悚之处。尽管内容上会让人感受到男性贬抑倾向,但绝没有肯定这种思想。所以在最后,才会以推出美工刀刃的不祥之声来收尾啊。

而这两位都没读懂这一点。M暂且不提,连F也没读懂。

会不会是因为在感情上不愿承认这部作品，所以拒绝深入理解呢？梨帆甚至产生了这种怀疑。

实际上，类似的批评在第二轮选拔的现场也有过，当时梨帆成功反驳了。但在最终选拔会上，与会的编辑是没有发言权的，反驳选拔委员更是岂有此理。

总共只有两位的选拔委员都给出了恶评，这部作品是不可能获奖的。在梨帆的心目中，选拔会在此刻就已经终结。实际获奖的作品不是《养狗》——那篇也不错，但也说不上特别好，只是中规中矩。

选拔会之后，给志村多惠打去电话时，梨帆的心情很是沉重。

铃只响了一下就听到了一句快活的"我是志村"，依然是情绪丰盈，很明显她是满怀期待等着这通电话的。绝非比喻，梨帆真的感觉胃抽了一下。

得知了落选的消息，在一小段沉默之后，对方以明显消沉的嗓音回了一句"好的"。这是当然的，因为之前梨帆在电话里说过作品很突出。说出那样的话，真是十足的失言。

但那也是真心话，梨帆从志村多惠这名作者身上感受到了可能性。梨帆自己也说想当小说家，自然不希望她因为一次挫折就放弃。

"志村女士，这个结果我也觉得特别遗憾，所以希望您今后还能继续……"

梨帆用尽各种词汇，再次把受《养狗》触动之深讲述了一遍，接着又告诉她："您毫无疑问是具有才华的，希望您继续写下去。"

但志村多惠的反应很淡漠，只是接连用"是吗""这样啊"之类的词语淡漠地附和着，并没有反过来问些什么，也并没有主动地表达些什么。

或许是因为落选的打击让她还没缓过来，言语间也感受不到想写新作品的任何意欲。

"不论短篇还是长篇，只要写了新的作品，都请发来吧。如果执笔时有什么犹豫或者困难，也可以打电话给我。我应该能帮到您的。我是新央出版第二编辑部的葛城梨帆。草字头的'葛'，城堡的'城'，水果的'梨'，船上的'帆'，葛城梨帆。请多关照。"

梨帆在最后如此嘱托，而返回来的只是了无生气的一声答应，电话就被对方挂断了。

仅仅是两次简短的电话交谈，根本没法判断志村多惠的为人和内心想法。但这种毫无反馈的交流还是让梨帆无比沮丧。

之后过了几个月，志村多惠也确实未曾再寄来作品，更没打电话来商谈。对方并非职业作家，主动去叨扰她也不合适。

让对方产生过高期待，梨帆自然怀有罪恶感；可另一方面，她又觉得一个人如果真的想当作家，如此小的挫折根本不必介怀，应该接着写才对。只因一次落选就丧失写作的动力，这样的人在职业道路上也走不远。

不久之后，梨帆就不再去想志村多惠的事，新央出版也从小说业界撤退了。

从那以后已经过去了七年。

原来志村还在写啊……

梨帆心中涌出一股奇妙的感慨。

七年时间可不算短，梨帆在这段时间里已经结婚又离婚。志村多惠又怎样呢？是遇到了什么事，让她再度决意提笔写小说吗？或者说，她为了完成一部让自己满意的作品，花了整整七年吗？

想不通。虽然梨帆想不通，但总之已经收到了她寄来的稿件。从厚度看，篇幅估摸是中篇到长篇吧。

怎么办呢？

不读一下就处理掉，未免于心不忍。更关键的是，梨帆确实想读一下她写了什么。

梨帆也对自己这样的想法感到惊诧。明明之前已经把她忘得一干二净了啊，可不知是脑海里，还是胸腔中，难以自知的身体某处仿佛在被烟熏火燎，是当时从她身上感受到的那种可能性在蠢蠢欲动。假使这部小说有出版的价值，现在的梨帆也爱莫能助了。但不论如何，她都想读读看。并非作为编辑，而是作为一个读者，梨帆对志村多惠时隔七年写出了怎样的小说很是好奇。

瞥了一眼这层楼的挂钟，刚过下午五点。

很微妙。时间说有还有，说没也没多少。

年内必须完成的工作梨帆已经在上周内都拾掇完了，今天来公司差不多只是为了打扫和整理书桌的。往年还有编辑部的年终聚会，今年为了防疫，也不办了。今天还是星期一，有的人早就请好年假，从周末开始就进入了长长的冬假。

没有必须做的工作，也没有要对付的人。可今晚还有另一件事要办，一件非常私人但又重要的事情。

梨帆不擅长速读，现在开始看也不知道来不来得及。

"辛苦啦。哇，收拾得这么干净啊。"

听到这话，梨帆抬头看，原来是书籍编辑部的总编驹场。他老是穿着已经不时兴的双排扣西装，但大个子倒还挺配这一身的。

"'今年的污垢今年清'，是吧？"驹场说了句有点过气的广告语。

"嗯，算是吧。"梨帆苦笑着点点头。

倒不是哪里真的有污垢，只是心情上还挺吻合的。

"斗胆约你一下。怎么样，要不要去哪儿吃个饭？烤肉之类的。"

因为烤肉店装了很多换气扇而给人通风更好的印象，所以今年的下半年，说到聚餐基本就是吃烤肉。这不仅仅是梨帆身边的现象,听说全东京的烤肉店客流量都增加了。

"不行,我还有事情要办。"

梨帆当即拒绝,驹场夸张地耸了耸肩。

"哈哈,好吧。没事,什么时候有空再陪我好了。回家过个好年吧。"

"过个好年。"梨帆目送驹场离去。

他来约吃饭已经不是第一次了。他对自己有好感,应该并非梨帆自作多情。

但梨帆一次都没答应过。他倒不是个讨厌的人,尽管比梨帆要大上一轮,但他们在日常交往中很合得来。在那个年代的男人之中,他已经能算是关怀入微的人了。他也经常被拿来跟杂志编辑部的总编作比较,自家编辑部的成员都觉得"太好了",而那边编辑部的成员大多是"好羡慕"。

他跟梨帆一样,都离过一次婚,暂时应该也没有特定的交往对象。如果能一起吃饭一定很愉快,之后说不定还能发生些什么。但梨帆很厌恶这一点。具体一点说,是厌恶恋爱。更深入点说,她甚至连朝着恋爱方向去的交流都觉得讨厌。如果只是为了换取这一丁点的欢愉,梨帆根本提不起劲来。

所以每次都是拒绝。驹场也从不面露难色,立刻就撤。然后过了几个月他又来约一次。这件事本身倒也不算烦人,梨帆甚至还有点窃喜,觉得正合她意。

"今年清"啊。

梨帆把视线转回手头的信封上,接着打开了它。

想看的话,看就是了。

里面出现的是一沓在右侧穿绳装订的原稿纸。

梨帆想起来了,她一直是手写稿。《养狗》也是这样。

哪怕是七年前,应征稿件也几乎都是电脑打印了,手写的占不到整体的两成,是少数派。当时留到最终候选的六部作品中,应该只有《养狗》是手写的。

从信封中抽出原稿,第一张是封面,上面写着作品标题与作者姓名。

《漫长的午后》
作者 / 志村多惠

一串工整而易读的文字。这笔迹也与记忆中的如出一辙。有不少手写的原稿都很难读,甚至遭到预读评委和选拔委员的嫌弃,而她的原稿则从没出过这种事。对了,在那场最终选拔会上,M 和 F 之中的哪个还夸过她"字写得非常好"呢。不过已经不记得是谁夸的了。

梨帆在椅子上坐正,翻开封面,开始阅读原稿。

漫长的午后

作者 / 志村多惠

　　都说女人的下午很长,那么我的下午是从几时开始的呢?

　　也该让这漫长而难挨的下午结束了吧。

　　当我来到阳台晾衣服时,忽地有了这想法。

　　天空从一大早就很晴朗。不过气温比昨天降了不少,有点凉飕飕的。倒春寒,即辐射冷却现象。没有云的日子,前一天蓄积在地面的热量失去了遮蔽物,会释放到宇宙中去,因此气温会转凉。我记得高中里教过。星智女子高中,简称"星女"。在那所学校上学的时候,我的下午一定还没开始。

　　我一如既往地完成家中的打扫,把昨晚的剩菜当午饭吃了,又喝了一杯茶,想法仍然没变。

　　就是今天,今天一定要行动。

　　既然都决定了,就戴上它吧。我从衣橱的贵重品收纳盒中取出项链挂在脖子上。这是儿子用第一笔工资给我买的母亲节礼物,名牌的18K金。我又披上一件外套,出了门。

都是因为天空太蔚蓝了——这么说会不会显得太过自我陶醉呢？但我也想不出选择今天出门的其他理由了。

要说心中的烦躁感，昨天和前天也与此时一样。从更早之前起，我就已经想把这下午结束了。总有一天会行动的。

如果说要画个分水岭，挑除夕或者元旦也不错。如果等到下个月我生日那天，还正好是五十岁这个分水岭。

但我没挑这些日子，就选了今天。一个稀松平常的星期四，今天我就是心血来潮。一定就是这么回事。

走出门的那一瞬间，我想过该不该把藏在寝室衣橱里的某本书处理掉，但又决定随它去了。

那是我在旧书店里买的《完全自杀手册》。它上畅销榜是哪年来着？应该是很久以前了。还记得它引发了相当大的争议。当时的我看到电视特别节目介绍书里写了各种自杀方式，觉得写这本书和看这本书的人都难以理喻。

彼时真没想到将来的自己竟会参考这本书来考虑该怎么死。

如果从寝室里发现了那本书，他们就会明白我早就想死了吧。我觉得留下这种程度的蛛丝马迹也挺不错的。

我离开家，沿着小路前进。

走过隔壁宫地家门前，在青空停车场旁转弯。

听说山岸家最近刚把房子翻修成两代人同住的格局，而猿渡家的院子里种着梅树，每年的这时候都盛开着漂亮的白花。穿过面对面的这两家,前面依稀能望见的大型建筑是二层楼的西式公寓"芙罗拉之家"(Maison Flora)。

这就是我度过漫长午后的街区,看惯了的街景。而这景观比刚开始住的时候,又确实有所变化。

譬如说那个"芙罗拉之家"的位置以前是幢大屋子。我记得那家姓阵内。我刚来时,家主老爷子还在当町内会[1]的会长。但他死后,屋子也就没了。据说是因为没人付遗产税,就把地卖出去了。离我家相隔两个片区的青空停车场也是因为类似情况才变成停车场的。

这条住宅街原本有很多带院子的独户建筑,而其中的老房子就像牙齿一颗颗掉落一样消失不见,成了集体住宅或者停车场。集体住宅里面明明住了很多年轻人,但不知为何总觉得街区整体变老了。

在住宅区中穿行二十分钟后,就来到了这边人俗称"大路"的宽阔主干道。这也就是所谓的站前大道,两侧遍布银行、超市、餐饮店。越往大路走就越热闹,很快就能看见车站的环岛路口了。

对《完全自杀手册》阅读研究一番之后,我知道了在家服毒或者上吊最怕的就是失败。从四层楼以上的高度跳下去是最轻松且可靠的,但很不巧,我一时想不出哪里有合适的

---

[1] 町内会是日本市町村之下的居民自治组织,相当于居委会。

楼房。仔细找的话，说不定有哪个小区或者群居楼的屋顶能上去。但我已经决定了今天行动。

所以我选择跳轨。

跳到电车上去。

从站台跳下去。

这比跳楼有效。据说刚感觉到疼痛就很快会休克。缺点是尸体会碎得七零八落。如果铁路公司有所损失，还有可能向遗属索赔。但这对我来说不是个问题。

我一步步靠近车站楼舍，就在那里行动。不知不觉间，我感觉到一阵心悸。

脉搏的速度明显比刚离家时快了，跳动得更剧烈。我察觉到脸上火辣辣的，背后也汗如雨下。有点轻微的目眩，仿佛踩在柔软的云朵上行走。

要说和平日有什么区别，倒也区别不大。我的身体在不知不觉间就早已是常年不适。更年期障碍、潮热，但理由恐怕不仅仅是这些。

难道我是在害怕吗？害怕死亡？

一定要让这没完没了的漫长午后彻底结束，我心里确实是这么想的啊。

我对身体发出的抗议不管不顾，继续向车站走。

待客的出租车在环岛排成长龙，我沿着旁边的人行道行走。药妆店、百元店、拉面店、柏青哥[1]店。大白天的，车站前没多少人流，显得很闲散。但还是令人烦躁不已——柏青哥店里传出的咔嚓咔嚓的机器声，拉面店换气扇吐出的气味，药妆店与百元店门口陈列着大量五颜六色的商品，还有环岛路口川流不息的汽车排出的尾气——这一切都像是不和谐音的重奏，刺痛了我的五感。

平时来车站前也并没有这种感觉，一定是身体对我发出的信号，在呼喊着：别去，别去！

都事到如今了，开什么玩笑？

我感到一阵愤慨。

你在这五十年里，不也根本没听过我的话吗？

我无视身体发出的信号，一步一步地向前迈腿。

在最后的关头，我要凭我的意志彻底把你毁了。

"喂！叫你呢！"

冷不防地，肩膀被人抓住了。

我大惊回头，只见身后是个气喘吁吁的女人，正站在比我高些的位置俯视着我。她身穿苔绿色的裤装，脖子上系着佩斯利花纹的领巾。一头乌黑靓丽的短发、粗眉毛，再加一双漂亮的杏仁眼。

一瞬间，我感觉跳到了很遥远的地方。不是身体，而是

---

1 柏青哥：日本的一种弹珠游戏机。——编者注

时间在向后跳。

"啊……咦？亚里砂？"

她——柴崎亚里砂一脸灿烂地笑了。令人怀念的笑容。

"我没叫错人，你就是多多吧？好久不见了，上次是什么时候？挺久以前那次同学会就是我们最后一次见吧？"

多多——只有我的高中同学才会用这个小名叫我。

这可不是轻飘飘一句好久不见的程度了。

她说的没错，最后一次见面是在同学会上，那时我们才二十几岁……我记得是快要结婚的时候，一个春天。我当时还说过，幸好没变成圣诞蛋糕[1]。一九八八年，所以正好是二十五年前。

"啊，太好了。我用这名字喊你，还怕认错人了该怎么办呢，紧张死了。我是偶然因为工作才来这儿的，忽然想到多多你就住这一片嘛。正想着呢……没想到你真就走在路上啊。这是什么概率呀！"亚里砂大声笑了。

我对四周极度敏感，一下子慌了神。

"啊，亚里砂，你怎么来了？工作？"

"嗯，是啊。有个刚签约的客户在这边，就来拜访了一下。"

---

[1] 日本昭和年代（1926—1989年）流行说女性的年龄就好像圣诞蛋糕，过了25岁就没人要了。

签约、客户,是我日常生活中所没有的词汇。

"原来是……这样啊。"

"多多你呢?在干什么?"

我无言以对,总不能说接下来打算跳轨自杀吧。

"呃……就稍微……闲逛一下。"

"闲逛?呵呵,这算什么事嘛。"亚里砂用手掩住嘴巴笑了。

"你、你说的对,是有点奇怪……"

我不禁埋怨起自己来,就不能说个正常点的理由糊弄过去吗?

"不奇怪啊,挺好的嘛。闲逛。我也想随便溜达溜达。多多,你果然很与众不同。"

与众不同。是啊,我想起来了,亚里砂经常这么说我。陈旧的记忆在脑海中聚成一片马赛克。

"你这件外套真不错啊。"

"咦?"

"像赫本一样。"

我感觉脸庞一热。

立领、深米色的粗花呢,搭配黑纽扣,是面向中年女性的复古风设计。在店里看到的时候,就觉得奥黛丽·赫本或许私下会穿这样的衣服。但还是第一次被人指出来,也是第一次被夸"不错"。

"便宜货啦。"

这也是事实。粗花呢只是噱头，根本不是羊毛而是化纤，穿起来的感觉也很廉价。

"但特别适合你。因为你脖子又长又漂亮，这样的衣服穿起来才有味道啊。"

"你的脖子真漂亮。"

第一次见面时，亚里砂也这么说过。星智女子高中的入学典礼。在去办典礼的讲堂路上，亚里砂主动前来搭话。

她身材高挑，相貌英气十足，性格积极向上，运动和学习都很出色。不论哪个年级都有这么一个像王子一样的万人迷。总是身处班级中心的亚里砂，不知为何特别中意土气又不起眼的我，每节下课都来我座位旁聊天。她一逮到机会就会夸我脖子好看，给我取了"多多"这个小名，只要我开口就会笑着说我与众不同。

"你总是和柴崎同学在一起，就像亲姐妹一样，你们可真是好闺密"——就连说话者本人也未必能意识到言语中夹杂着极其细微的嫉妒，而这样的话在那时常常能听到。

"既然你说在闲逛，也就是没什么要紧事对吧？"

"啊……嗯。"

我还是没法说真话，只模棱两可地点点头。

"我也一样,今天拜访完就没事可干了。要不要去喝杯茶?难得有这样的奇迹重逢嘛。"

我再次打量了一下亚里砂的面孔。

很年轻。当然还是有点上了年纪的迹象。仔细看就能发现眼角有些小皱纹,法令线也浮现出来了。但从印象上来说,感觉跟见她最后一面时几乎没有区别,怎么看也不像五十岁。

"嗯。"我点头了。

亚里砂现在过着怎样的生活呢?说不在意是不可能的。

我们俩进入了车站前的咖啡店,是一家源自美国、颇受年轻人欢迎的时髦店铺。虽说早就知道,但也是第一次进去。

偏暗的灯光、柜台、圆桌席与高脚椅,这样的店内装潢与其说是咖啡厅,不如说更接近酒吧。

柜台上的菜单字很小,除了"滴滤咖啡"之外,要么是"摩卡咖啡",要么是"焦糖玛奇朵",净是第一次见到的东西。尽管有些名字我还挺感兴趣的,但还是识趣地点了滴滤咖啡。于是店员问我要多大的杯。

急忙间,我回答说要"M号",让身旁的亚里砂笑坏了。"不是S、M、L号啦,大、中、小杯要说Short、Tall、Grande才对。"柜台前穿着黑色POLO衫的店员也面露苦笑，改口说："您要的是 Tall 杯吧。"

感觉莫名其妙就被当猴耍了，况且明明是中杯偏要说成"高"杯也挺奇怪的。亚里砂则是轻车熟路地下了单："豆乳拿铁 Tall，加巧克力碎奶盖。"巧克力碎奶盖？现在还能这样？

结果端出来的是两个挺大的纸杯，还带着开了饮用口的盖子。我们捧着咖啡在店堂深处的圆桌旁面对面坐下。

"这哪是 M 号，该是 L 号了吧？"

我依然无法接受。亚里砂咯咯笑了。

"你说的没错，完全是海对面的尺寸嘛。"

"海对面"，这种说法也显得很老到。

"你经常去海外……美国之类的吗？"

"根本不去。"亚里砂摇头，"只是大概十年前去过一次美国拉斯维加斯。手头宽裕一点的时候，倒是经常往欧洲或者马尔代夫的度假地跑。但终究还是日本最好啊，生活起来又方便，治安也好。"

拉斯维加斯的"维"和马尔代夫的"夫"还是亚里砂咬着嘴唇发出的 v 音。

我一次都没去过外国，连护照都没有，甚至连马尔代夫在哪儿都不知道。

所以，就算对方说日本最好，我也没有可用来比较的经验。说白了，在我听来这只是在炫耀，包括我出了学校就一次都没用过的卖弄式字母 v 发音在内。

"是吗……毕竟外国也没有十万石豆沙包卖嘛。"

这句话一说出口,亚里砂先是惊讶地"啊?"了一声,隔了一拍之后又尖声笑了出来。

"十万石?你说什么呢?外国肯定是没有啦,等等,讨厌!哈哈哈,你还一脸波澜不惊的样子,真是的。"

这是我们在星女上学时,镇上卖的特产豆沙包。给包装画图片的著名版画家曾经一口气吃了六个,还说着"好吃,太好吃了"。这个故事被传作佳话,连地方电视台都用这句话做了广告语。虽说豆沙包是挺好吃,但这句广告词连同"十万石"的名称,还有版画家笔下那张公主塞了一嘴豆沙包的独特插图交相呼应,让"十万石"本身有了难以言喻的喜感。"十万石"就是星女学校里用来逗乐的固定笑料。

我说这话自然是用来打趣的,她愿意笑是再好不过了,但不知怎的,我愈加感觉被嘲弄了。

亚里砂挥着手掌,像要给脸上扇风。

"多多,你啊,真的是与众不同。一点都没变。"

才不是呢。我变了。我上了年纪,已经看不清小字了。学校里教的东西几乎都忘光了。啊,但是非要说我没变的话,或许真的没变。因为我依然是我。

亚里砂,你呢?变了吗?还是没变?

我问了回去:"对了,你现在做什么工作呢?"

"咨询类的。就是给面向女性开发的商品提点意见之类的。"

"你独立出来了吗？"

亚里砂在东京上了一所私立大学，毕业之后就去贸易公司上班了。最后见面的同学会席间，她一个劲地说公司的坏话。

"那破公司的情况就是女人没法出人头地。我再怎么努力，就算做出了成果，功劳也会莫名其妙算到同期入职的男人头上。说到底，上司只会把女职员当婢女来使。这个就不提了，还有浑蛋把我当成公关小姐。还有被夸'职场一枝花'就沾沾自喜的蠢女人。我算是明白了，根本不能靠公司。我只能自己创造出自己的容身之处。"

接着她高调宣言："我总有一天会独立的。这就是我现在的梦想。"

亚里砂接连点了两次头。

"独立了，独立了呀。"

"那你实现梦想了呀。"

听到我这么说，亚里砂的眼梢下弯，画出了一个漂亮的半月形。

"是啊，梦想实现了。"

她的话一字一顿，却又爽朗自在。

"结婚了吗？"

我早已注意到她左手无名指上并没有戒指,但还是问了。

亚里砂伸手在面前一阵挥舞。

"没结,没结。我怎么可能结婚呢?"

"也是啊。你当初就常说不知道结婚有什么好的。"

从高中起就这样。

朋友之间聊天时偶尔会提及"将来想跟什么样的人结婚"之类的话题,亚里砂压根儿没参与过。她总是说对男人没兴趣,不想变成妈妈那样,也不想要孩子,想一直单独过下去。

只有别人开玩笑说"我想嫁给柴崎"的时候,她才会笑着同意说:"那倒还不错。"

高中三年里,我去亚里砂家玩过好几次。她的母亲是个很温和的人,总是会端出红茶和点心——不是现成的,而是亲手做的饼干或者蛋糕——来招待我。我没见过她的父亲,印象里是在县厅当公务员吧。从旁人的眼中看来,并不是一个问题严重到让女儿对婚姻彻底绝望的家庭。

当然了,我并不知道个中隐情。为什么不想变成母亲那样,她也没详细说给我听过。不过,要说她讨厌母亲,好像也并非如此。"我很喜欢妈妈,也很感谢她。但我没法尊敬她。"记得她说过不少类似这样的话。

"我说……多多,你现在什么情况?"亚里砂向我抛出了话茬儿。

"能有什么情况……"

"你现在做什么呢？还结着呢？"

"还"字让我若有所思。

高中毕业之后，我上了本地的短大[1]，之后又在当地企业就职——一家制造化学药品的公司，是经营过镇工厂的祖父介绍进去的。我在那里工作了四年半左右，就跟原来是上司的人结婚，辞职当了家庭主妇。

公司只做企业间交易，我在入职之前都没听说过那名字，只知道做的是洗涤剂和化妆品的原料，而且在领域里占据很大份额。我确定就职的时候，当初还在读大学的亚里砂就打来电话祝贺："好厉害，是一流企业啊！只要是住在日本的人，就没有不用你们公司产品的。今后肯定还有很大成长空间的。"她对我进的这家公司极尽褒奖。

也许正因如此，或者说因为她对结婚本就没什么好印象，亚里砂在同学会时一个劲地为我可惜。不，准确地说是在生我的气——"太糟蹋机会了，好不容易能进那么好的公司上班，竟然为了结婚就把工作辞了，简直难以置信。"

在说到和丈夫是如何相恋时，又不知她看不惯什么，还开始数落起我丈夫来："多多，你和那种人在一起是不会幸

---

[1] 短大是指日本的二年制短期大学，相当于国内的大专。

福的。劝你现在就回头。"

她自己刚说过想要辞职独立生活，却反过来否定辞职结婚的我。

亚里砂是大学毕业后经过正规求职，做着跟男人相同工作的正规社员。而我是短大毕业，靠走关系进公司干些端茶倒水的活儿。两个人的立场和状况完全不同。可亚里砂却毫无顾忌地大放厥词，实在让我气不打一处来。

"你有什么资格来说我！"我还记得自己是这么驳斥她的。自高中以来，这还是我第一次和亚里砂唱反调。或许因为太过意外，亚里砂瞪圆了眼睛。整个场面的气氛变得一触即发，周围的同学也都很尴尬。不管怎么想，错的都是亚里砂。大家应该也是这么想的。

事到如今，我也不想往事重提，但还是语气坚硬地答道："没变，结着呢。"

亚里砂显得毫不在意，又接连抛出问题："是吗？孩子也挺大了吧？我记得是个男孩子吧？"

那场同学会是我和亚里砂最后一次当面交谈。从那之后，我们还互寄了几年贺年卡。也不知持续到了哪一年。至少，在儿子升上小学的时候，我已经不再给亚里砂寄贺年卡了。

"现在都已经工作了……"我逡巡了一瞬间，又接着说，"进了五来物产。"

"什么，五来？你儿子在五来工作？"亚里砂高喊出声。

"嗯。"

"原来如此啊。那也能算是我的后辈了。"

五来物产就是亚里砂早先进的贸易公司。

我也没想到自己的儿子竟会和亚里砂进同一家公司。但五来物产从过去到现在都是很受应届生欢迎的就职好去处，他找工作可以说是一举成功，非常顺利，定下来的时候我就很高兴。

"我儿子说企划部的部长是个女的，跟我差不多年纪，是女职员里最发迹的了。我还想该不会是你吧？应该不是，她好像已经结婚了。"

"是西原吧，比我小一岁。听说她当了部长。我是一早就逃出去了，她可是在五来硬撑到底的牛人。"

西原部长——这个名字也从我儿子嘴里冒出来过，不过他说她是个"麻烦的人"。

说着儿子的话题，才想起自己现在正戴着他送我的项链，我便用手指拈起来给她看。

"这是儿子送我的。"

怎么样？没有能对你这么好的孩子吧——这是我的言外之意。

可亚里砂只是冷冰冰地"嗯"了一声，再次问了同样的问题："多多，你呢？你在做什么呢？"

就算儿子有点出息，你自己依然过着无趣的人生吧？所以我都说过了，还是别结婚的好——总觉得她的话外之音在如此驳斥我。

我再次回想起来。

我最讨厌这个女人了。

对了。干脆趁最后的一天，把这个女人杀了吧。

2

　　读了二十几页后,梨帆暂且停下了手。

　　往回翻了几页,确认过疑问之处后,梨帆先用手机搜索了一会儿,是已经用了两年左右的iPhone XS。

　　文中出现的"十万石红豆包"是真实存在的点心,连维基百科上都有单独词条。生产商是埼玉县行田市一家名叫"十万石福砂屋"的副食品公司。给包装画插图的著名版画家叫栋方志功,他的逸事也登在了维基百科上。虽然这所"星智女子高中"并非真实存在,但截至二〇〇五年,行田市似乎有一所叫行田女子高中的女校。

　　而她把一九八八年描述为"二十五年前",说明这个故事发生在二〇一三年,也就是七年前。从"倒春寒"之类的描写来看,时间差不多是三月吧。而文中还写到主角"我"在下个月就会迎来五十岁生日。

　　志村多惠投稿《养狗》的时候正是此年,年龄也一致。她在个人信息中填的住址应该也是埼玉县。

恐怕这个"我"就是志村多惠以自己为原型创作的主角。因为叫多惠,所以小名叫"多多"吧。不过,从切入故事的第一行起,就能看出她跟新人奖收到的那堆"大叔吹牛记"似的自顾自怜很不同。从文笔中可以窥见她明确意识到读者的存在,并经历了反复推敲。志村多惠果然是个"能写"的人。

梨帆又确认了一下时间,就快到六点了,所谓的下班时间。书籍编辑部的区域里除了梨帆之外,已经一个人都不剩了。

编辑的工作经常会受原稿的完成时间点或者杂志书本的校对状况影响,变得摇摆不定。法律上也承认这种不受时间约束的裁量劳动制[1],所以下班时间一直都是有名无实的。然而,因为"新冠"的影响而引入远程办公之后,公司反而开始建议到社上班的人提早下班。

杂志编辑部的总编是"新冠只是小感冒"论者,在他的掌管之下,只把规定当耳旁风,在临近校对完毕的时候,还是跟以前没区别,不少人直接在公司睡。可书籍编辑部已经没有在公司留很晚的人了。

梨帆看了眼那沓原稿纸。

首先令人在意的是"我"为什么想寻死?与亚里砂这个同

---

[1] 裁量劳动制是日本劳动法所采用的一种雇佣形态,是将出差等单位工作场所外的劳动或裁量劳动,依据劳资协定视为完成一定时间勤务工作的劳动制。

学的重逢又会引发什么呢?

更改计划——回家再仔细阅读吧。

今晚的事虽然很重要,但不至于非得今晚完成不可。现在梨帆只想阅读这篇小说的后续,还是遵从自己的内心吧。

梨帆将原稿纸放回信封,又装进出勤用的手提袋中,从座位上站起。

地铁东西线的车厢中一如往常地拥挤,这班车是从东京的"睡城"西船桥出发,途经浦安、葛西那片湾区,到达东京都中心,而且终点站中野还与中央线接通。这条线路的拥挤率据说是日本第一。

自开始工作已将近十二年,梨帆几乎每天都会在满员的电车中晃晃悠悠地上下班。眼前的景象跟往年的决定性差异就是,放眼望去,所有人都戴着口罩。

《紧急事态宣言》刚发布的时候,拥挤多少缓和了一些,但一结束就立刻恢复原样了。即便如此,夏季并没有极端的感染扩大现象,同时又传来了海外制药公司的疫苗开发有进展的消息,整个氛围就好像"新冠"疫情会就此收敛一样。那或许只是一种乐观,或者愿望。到处都能听见"与新冠共存"或者"新常态"这种词汇,人们身处病毒蔓延的世界中,仍旧想要夺回跟以前一样的日常。

然而,从秋季到入冬的这段时间里,新增感染人数开始增多，最近几天的感染扩大情况明显比春季更严重。即便如此，街上的人潮与电车里的拥挤仍无缓解迹象。梨帆自己已经是居家办公，可因为各种琐事，还是要频繁往公司跑。

大家一定是拼命抓着这种日常不肯放手吧。

梨帆对触碰车厢里的吊环或者把手已经有了抵触，什么都没抓，就站在人堆中间。好在自己家在东阳町，这段路上不会很摇晃。

她从口袋里掏出手机，漫无目的地搜索起来。

"1986年"，这是梨帆出生的年份。

女孩取名排行榜里，"爱"排在第一位，第二位是"美穗"，第三位是"麻衣"。在父母那一代人里必不可少的"某某子"这样的名字，现在连前十名都进不了。梨帆的同学里就已经很少取这种名字了。不过像梨帆这样的名字也挺少见的，自然别想进前十，她这么多年甚至都没见过和自己同名的人。

这一年，苏联的切尔诺贝利核电站发生了核泄漏事故，英国的戴安娜王妃首次访日，哈雷彗星靠近过地球。

这些事情都未曾对梨帆的人生造成过直接影响。但这一年发生的另一件事，想必一定对梨帆的人生带来了不小的改变。

《男女雇用机会均等法》，这部从一九八六年四月开始施行的法律在之后又经历了两次大修订，直至现在都是日本在招聘和录用时适用的基本规则之一。

在企业里的录用、晋升等场合，表面上是禁止男女差异化的，护士不能仅限女性，空姐也要改口叫空中乘务员。在很多企业里，端茶倒水都曾被认为是女人的活儿，现在则是把这类以杂务为主的工作称作"一般职位"，又增设了能与男性职员做同样工作、能够向上晋升的"综合职位"，开始广泛录用女性。

这部法律恐怕也影响到了志村多惠《漫长的午后》中的登场人物。

按年龄来计算，与主角重逢的亚里砂应该刚好是在一九八六年大学毕业，然后参加工作。她是作为应聘综合职位的第一代女性被贸易公司录用的。而"我"是短大毕业，比亚里砂早两年开始上班。在这个时间点，还没有分综合职位与一般职位。

主角"我"说自己和亚里砂的"立场和状况完全不同"，或许暗含着她们各自所面对的选项也不同吧。尽管小说中没有明确写出，但也可以从中读出"我"不论是上短大还是进当地企业就职，都只是"结婚前的铺垫"。

既然《男女雇用机会均等法》这样的法律需要大张旗鼓地颁布出来，反过来就意味着，在此之前，整个社会从未设想过女性要在外工作。实际也是如此，梨帆的母亲尽管也在父亲家传的酒庄打过下手，却从未以公司职员的身份工作过。

梨帆心想，如果是我，情况会怎样？如果与文中的亚里砂和"我"，也就是和志村多惠生在同一个时代的话……

梨帆大学毕业并正式就职是在二〇〇九年，找工作是在前一年。当年专为那些想和男性做同一份工作的"特殊"女性设立的"综合职位"已经变成了最普遍的职位，而"一般职位"反倒变得不一般了。更多的企业已经不再区分这二者，录用时不分男女了。

包括梨帆在内的许多同学都认为，出了学校就工作是很理所当然的事。其中也有人希望早点结婚，赶快进入家庭生活。但是，再也见不到把工作当成婚姻跳板的人了。

相比过去，女性的可选项应该是增多了。外资企业的录用人数也增加了，像IT这种过去根本不存在的产业都成型了。

可选项越来越多了……或许吧。

想着想着，电车已经走了五站，驶入了东阳町站的站台。

随着下车的人潮，梨帆也踏上了站台。她穿过检票口，从一号口出去，沿着南北向的四目大道朝北走。

半路上的左手边能看见一所学校——都立深川高中。混凝土筑的校舍能看出有了些年头。梨帆第一次见到的时候觉得它很小，或者说很窄。梨帆上的县立高中的校舍相当于连排三幢这么大的楼，操场面积也大了一倍多。

梨帆在这所深川高中斜对面的罗森便利店里买了三明治和乌龙茶，晚饭就用这些打发一下。

店里有穿着学校制服的男女生在边谈笑边买东西。他们戴着成对的运动口罩。女生还抓着男生穿的外套下摆。从气氛看来，一定是对情侣。

梨帆不禁开始思索，在东京这种男女共校的高中里上学的孩子们，他们的青春和自己的体验究竟有多大的差别呢？

梨帆的老家在栃木县，是位于县北的一个小镇。她每天要花一个半小时去宇都宫市的县立高中[1]上学。这所高中和《漫长的午后》中"我"上的星智女子高中一样，也是一所女校。

梨帆并没有特别想进女校。她初中起就擅长学习，成绩很好，所以想进一所能升学备考的高中。按照当地初中升学的常识，这样的学生一般都得去宇都宫市、栃木市或者佐野市这种"城里"的男校、女校。升学率高的不是男校就是女校，这样的地方应该还挺多的。

梨帆把三明治和乌龙茶装入袋中走出了罗森。自从塑料袋也要收费以来，梨帆已经放弃了挎包，而是改用方便买东西的大号托特袋来通勤。

沿着四目大道继续走，前方能看见远远发着光的晴空塔。水蓝色的"粋"、紫色的"雅"和橙色的"帜"是晴空塔的三种基础灯光色，圣诞节、新年、情人节之类的节庆时还会打出特殊的灯光。早春和夏季时还打过深蓝色的灯光，据说那是地球的印象色，也包含了战胜疫情的寓意。这是有意无意看到的电视信息类节目中介绍过的。

今天看到的是……紫、蓝双色。梨帆最近经常能见到这种

---

1 "县"是日本的省级行政单位，县立高中相当于中国的省级高中。

灯光，大概是期间限定的吧，是什么意思就不知道了。用手指在手机屏幕上点几下就能立马知道，可愿意耗费这微小劳力来了解一下的瞬间从未到来过。

现在所走的这条路为什么叫"四目大道"呢？刚才买东西的便利店里播放的歌曲名叫什么？在全世界肆虐的新型冠状病毒在医学上与其他病毒有哪些不同？梨帆通通不知道。

只要想知道，应该还是能知道的，但有太多不得不做的事情排在这些问题之前。即便偶尔会被动地捕捉到一些传到耳边的信息，梨帆也不愿意积极地去探究。

这个世界太过剩了，到处都充斥着物质和信息，其中绝大部分到死都来不及了解。不知是从何时有了这种想法的呢？

同样的一件事，在过去感受到的就不是"过剩"而是"丰富"：小时候被带到百货商店的玩具卖场，被各色玩具和游戏软件包围时；看到初中的图书室比小学的大很多，里面摆放着数不清的书本时；高中和朋友一起去当时还开在宇都宫的109商场，一件件地试穿衣服时；从电视和杂志上接触到东京流行信息时——不论哪个瞬间，都是那么令人欢欣雀跃。

尽管家里只允许买一个玩具，尽管图书室里的书根本看不完，尽管没法把喜欢的衣服都买回家，当时谁也不介意。

就算不能立刻获得，只要它在触手可及的范围里有足够多，就让人很愉快。现在想来，也许是因为当时还天真地相信只要期望就能得到吧。

"全能感"。

很多孩子都具备这种感觉,梨帆也切切实实地拥有过,说不定还比其他人更多一些。如果换成初高中时常用的一个词,就是"样样能行"。

那只是个把地名说出来都没人知道的北关东小镇,但对年幼的梨帆来说,自己所在的地方无疑就是世界的中心。父母自不用说,当时仍健在的祖父母和街坊邻居对梨帆都很亲切。"真可爱啊""真是个好孩子""真聪明""我家孩子也经常说到小梨"……在懂事之前,她就已经沐浴在无数的赞誉声中。

小学时,她只要在学校正常听课,不需要去什么补习班就能总考满分。不管是跑步还是打垒球,她都比男生跑得快、扔得远。

六年里的成绩单上几乎都被三阶评价最上一栏的"优秀"填满了。

运动会上的接力跑,她总是最后一棒。五年级的学习发表会上演《刚巴大冒险》[1]短剧的时候,她还被选去演主角刚巴。可刚巴明明是只公老鼠。

女生团体要做什么的时候,梨帆总是那个决策者。

不管哪件事都并非梨帆主动请缨,而是周围的人推她上去。

---

[1] 《刚巴大冒险》是日本作家斋藤淳夫所著儿童小说改编的动画,在中国又被称作《小老鼠历险记》。

比如"小梨，能拜托你吗"或者"小梨应该能行"。

上初中之后也是一样，就算学习或者体育成绩并不能时刻保持第一，她也几乎是名列前茅。全能感，样样能行。

就是这种感觉。

被上天眷顾的感觉。

说不定出生在四月[1]，比同年级所有人都成长得更早一些也成了她的优势。

梨帆的小学每个学年只有一个班，不到四十人。在这个中学也才不满一百人的小镇上，进一步缩小到孩子的社交圈里，梨帆确实很特别。

"以为会自然而然地位于前列，但发现不拼命跑连原位都保不住"，梨帆产生这种想法还是在升上县立的升学名校之后。

在第一次期中考试时排在了年级五十多名，这让梨帆很受打击。这是她初次与不努力就跟不上的情况相对峙。

还不仅是学习方面。要融入班上的哪个小群体？如何在不违反校规的灰色地带把制服穿出花样来？喜欢的音乐和在看的电视节目是什么？想要维持住一个八面玲珑的自己，必须足够努力。当然了，当时的梨帆并没把做这些事当作是努力。毕竟世界丰富多彩，努力就会获得回报。不努力就跟不上，换言之就是努力了就能跟上。

---

1 日本的学校在每年四月开学，故招收的适龄学生是四月前出生的。

所以她很努力。

学习方面就算达不到顶尖,也要保持在三十名以内。但为了不让别人觉得自己是做题机器,又要适度地打扮一下。

宇都宫109商场是在梨帆上初三时开张的。虽然不到四年就撤店了,但梨帆上高中时还一直开着。在东京如火如荼的辣妹文化也登陆到了宇都宫。染棕发是违反校规的,梨帆也没勇气做全脸美黑,只能用上双眼皮贴,稍微加点假睫毛,又穿上泡泡袜。她还用109商场里的时装店购物袋当过休闲提包。每次跟朋友出去玩,都要拍大头贴,然后贴在手账上。当时还很流行用细油性笔在大头贴的旁边写上J-POP[1]的歌词,或者引用一段自己喜欢的漫画台词。梨帆当时沉迷的漫画是《NANA》,就从中引用了不少。比如"因为在这双臂弯中,装满了我想要的全部未来。我就是有这种预感"之类的。

梨帆上的女校附近有一所平均分差不多,可以说是旗鼓相当的男校,两校间还有交流。出挑的女孩都会在这过程中寻找交往对象,所以梨帆也和男校的学生交往过,那是个在棒球社里做中场手的高个儿男生。梨帆被朋友叫去看练习赛的时候,见到他一个鱼跃接住了高飞球,就喜欢上了。她拜托朋友的朋友安排了一场联谊会(当时是用了这个词,其实只是大家一起去唱卡拉OK)。那时候凑近看了他的脸,确定至少不是自己讨

1　J-POP 即 Japanese POP,日本流行音乐。

厌的类型之后，还松了口气。又是跟唱，又是积极地搭话，还时不时给他暗送秋波。一通尴尬的示好之后，大约过了一个月，对方就来表白了。一个月左右两人就分手了。

梨帆不经意间听到了一阵笑声。

从身后走来的两个人超过了她，是对说说笑笑的男女。如果没看错的话，就是刚才在便利店见到的高中情侣。

两个人朝着车站的反方向走。他们要去哪里呢？去某一方的家里吗？还是去哪个公园呢？现在并不是能在户外卿卿我我的季节，但他和她或许并不介意。

梨帆也不再确认他们的目的地，一边目送着二人的背影远去，一边在十字路口右拐。

这对情侣和晴空塔从视野里消失了。地图上显示这是一条沿着"横十间川"这条河的小路。种在堤坝上的树木把河都遮得看不见了。前进方向上有一轮不知算不算满盈的圆月，像路标一样发着光。啊，错了。月亮自己不会发光，只是在反射太阳光吧。这是梨帆所知晓的少数小知识之一。

"因为在这双臂弯中，装满了我想要的全部未来。我就是有这种预感。"

梨帆几乎是下意识地说出了在满是大头贴的手账上写过的台词。

那是《NANA》中一个女主角小八接受表白时的场景。后来，小八在回首往事时这么说：

"那个满月的夜晚也许就是我人生中最幸福的一刻了。"

梨帆自己也一样。阅读那部漫画的日子，也许就是人生中最幸福的时光。

一个以为自己样样能行的乡下高中生。现在回想起来简直难为情。即便如此，她还是相信未来。

高中毕业后，梨帆抓住升学的机会来到东京。她考取了东京一所公认的私立名校。确定合格的时候，全家把她夸上了天。高中同学也对她说了好几回"真羡慕你能去东京"。

梨帆自己也对东京求学很兴奋。虽然家里不算富裕，但哥哥已经工作了，父母和两边的祖父母也都慷慨支援，筹出了大学的学费和生活费。同学里有出于经济原因只能上当地大学的孩子，借了额度惊人的奖学金[1]去东京的孩子也不少。梨帆觉得自己在经济上也很受眷顾。

可这并不是她真正想走的学业方向。因为第一志愿的国立大学落榜了。

如果初中的成绩够优秀，高中就去宇都宫的女校或者男校，大学考附近的国立大学，格外优秀的孩子才会去考东大。这就是梨帆老家所谓的"精英路线"。

梨帆可不想被硬套进"精英"这个让人略显害臊的头衔中

---

[1] 日本有"借与奖学金"制度，需要偿还，相当于助学贷款。

去，她觉得自己当然也要走这条路线，就算考不上东大，其他的国立学校只要努力一把也能上。

因为在梨帆此前大约十八年的人生中，努力都是有回报的。

所以她也努力备考了，至少比普通人更努力。高三的暑假也一直趴在书桌前。然而，结果并不理想。成绩虽不是吊车尾，但也没提高。年级排名进不了二十名以内，偏差值也几乎没变。模拟考试时，第一志愿的国立大学最好也就是 C 判定[1]。或许这个水平也有能合格被录取的人，但梨帆却落榜了。

她明白这个结果跟自己的实力是相符的，也不想再复读一年了，就决定去上合格的第二志愿私立大学。

也许，当时就是梨帆人生中第一次与"想要的未来"失之交臂。

可她当时没这么想，觉得还挺好的。她想的是，相比小地方的国立学校，肯定是东京的私立大学更让人开心。

实际上，东京的大学生活确实很开心。

梨帆上的私大一年级分为两个群体：一种是从附属高中升上来的，对东京吃喝玩乐熟门熟路的内部生；另一种就是考进大学部，学习不错但有点土气的外部生。外部生里有很向往内

---

[1] 日本的高中会根据录取成绩的偏差值估算出各学校的合格线，并通过模拟考试算出志愿学校的合格可能性，分为 A 到 E 判定。而 C 判定的合格可能性为 50%。

部生的人，也有瞧不起整天玩乐的人。梨帆是前者。她加入了一个内部生很多的活动社团。好在内部生也都很直爽，来者不拒。新人欢迎会上，梨帆第一次喝了酒。社团常去的那家居酒屋不确认年龄就会给混杂着几个未成年人的学生团体上酒。梨帆从他们口中知道了里原宿的古着店、涩谷的俱乐部，还有据说到东京就必吃的新宿咖喱店。关系好的内部生姑娘还教会了她穿搭和化妆。大一的夏天，梨帆跟大自己两岁的学长开始交往时，就已经彻底融入了内部生那种氛围中。她跟那个学长处了一年左右就分手了，很快又交了新男朋友。打过网球，泡过卡拉OK，下海游过泳，还做过许多兼职：便利店、K歌房、海边商铺、展示会的接待员。当然，课业也没丢下。回想起来，真是无比充实的四年。

但那时候已经……

无法确定一个精准的时间点。不过在上大学的时候，这个世界对梨帆来说已经过剩了。明明在做自己想做的事，不得不敷衍的事情却越来越多。样样能行的感觉——那种全能感——逐渐变得稀薄，只有繁忙浮出水面。

没错，太忙了。

大多数内部生都是东京土生土长，来自富裕的家庭。想要跟上他们的生活节奏，金钱与时间都不够用。社团、兼职、上课、兼职、朋友、兼职、男朋友、兼职、兼职，连睡觉都不舍得，整天连轴转。

梨帆一边迷迷糊糊地回想往事，一边沿着小路走，逐渐能看到自己家的公寓楼了。那是一幢二层楼六间房的高台型公寓。她打开入口处的邮箱，里面塞着修水管的广告冰箱贴和带折扣券的 Uber EATS 外卖传单。梨帆把它们都收起来，带回自己的房间——二〇二室。

一开门就摘下口罩，呼吸顺畅了一些，心想"啊，总算到家了"。这是今年才体会到的感觉。

走进房间前，她先用放在鞋柜顶板上的除菌喷雾给手指消毒。这是今年养成的新习惯。

房间是月租九万五千日元的 1LDK[1]。

L、D、K，Living Dining Kitchen，里面不出所料地堆满了过剩的物品。

餐桌上放着镜子、一套化妆品、装着补剂和常备药的盒子，还有遥控器——分别对应电视机、唱片机、插在电视机上的机顶盒、空调、灯具、买回来就没怎么用过的循环扇。光遥控器就有六种。

客厅地板上除了那台循环扇之外，还有加湿器、平衡球、软垫、开放式衣架，再加上无 PP 树脂收纳盒，整整堆了十五个。里面装的除了衣物之外，就是许许多多的装饰品、文具、

1　日本的 1LDK 指的是一室一厅带厨房的房型。1 代表一室，LDK 是指兼作客厅、餐厅、厨房的一整片空间。95000 日元约合 4500 元人民币。

生活类小物件。

　　厨房也不落下风，有餐具柜、微波炉、电饭锅、小平底锅和雪平锅等料理器具，还有两只用来储物的敞开的纸箱。一只里放着瓶装水，另一只里存放着麦片、袋面、罐头等长期保存的食物。

　　上个周末已经做过大扫除，整理得像公司书桌上一样干净，垃圾也全都丢出去了。即便如此，仍然难免有些繁杂。

　　刚上班时、结婚时、离婚时，来到东京后的每个关键节点，梨帆都搬过家。每次都把不需要的东西丢了。某本讲收纳的畅销书里说，把让自己不再心动的东西丢弃掉吧。梨帆也跟着模仿过。

　　但回过神来，东西又变多了。还没搞明白到底心不心动，东西就越积越多。太过剩了。

　　梨帆从外套里取出手机，把衣服挂上开放式衣架。倒不是特意去看，只是下意识地瞄了一眼锁屏界面上显示的新闻。

　　让成人也沉迷其中的儿童文学作家——牧岛晴佳的世界

　　一定是平时的搜索记录体现出了使用习惯，所以精选出了梨帆可能感兴趣的话题吧，与出版相关的新闻出现得很频繁。

　　牧岛看来终于要爆红了。

就算工作上没有交集，梨帆也知道牧岛晴佳这个作家。正如文章标题所说，尽管她写的只是面向孩子的儿童文学作品，但因为很有深度，也让许多成年人成了书迷。梨帆也把她出的作品全看过一遍。在书迷之中，她只在小圈子里有点名气，可最新作品被提名为大众熟知的权威文学奖入围作，知名度一下子就飙升起来。

啊，不好。

梨帆忽然有阵轻微的耳鸣。是不同于PMS的另一种不适感。

要来了——

这是预兆。可这预兆只会在发作一瞬间之前到来，几乎没有意义。

果然，她开始心悸了，呼吸不受意志控制地变浅、变快。几乎不吐气，都在吸气。整个身体仿佛只剩下一个心脏，怦怦直跳。

过度呼吸。在这个过剩的世界里，连呼吸都过剩。

最近都没出现过，所以她掉以轻心了。

在耳鸣的预兆出现后，不到十秒钟，胸腔里就好像被塞满了棉花一样难受起来。

没关系，没关系，没关系。

梨帆安慰着自己，向洗手间走去，她从毛巾架上取下一条毛巾，捂住嘴巴。尝试了各种方法之后，她发现柔软的棉质洗脸巾是最能让人放松的。

只要有意识地停下呼吸就好了……不行,做不到。那么至少放慢一点,能做到吗?可以。

在与自己身体对话的过程中,呼吸的速度逐步减缓了。不要关注吸气,而是有意识地呼气。呼气、呼气、呼气,像把塞在胸口的棉花掏出去一样地呼气。

第一次发生过度呼吸的时候,梨帆陷入了恐慌,在几乎要失去意识时叫了救护车。如果就那样晕了过去,后果不堪设想。在反复经历过好几次之后,她也渐渐学会了应对方法。

现在,她已经基本能随自己的意识控制呼吸了。尽管还有些心悸,但胸口塞满棉花的感觉已经缓解了,痛苦也一点点稀释而去。

能屏住呼吸了吗?能屏住。好,到这一步就没事了。

梨帆屏住呼吸,缓缓地数了五个数,接着做深呼吸。

胸口的痛苦消失了,只剩下心悸。症状变轻了些,但还会残留一会儿。一向都是这样,也只能不去在意它了。

过度呼吸的成因大多是压力。"有什么头绪吗?"在被救护车送往医院时,医生这么问过梨帆。那是个身材微胖、耷拉着眼皮,很难从眼神中窥见情感的中年医师。

"啊,我也不清楚。压力吗?工作上确实感到有些压力,前阵子还刚离过婚……"

"这样啊。总之先给你开点中药吧。如果再次发病,或者不放心的话,建议你去看看心身科。"

这番谈话之后,就开了一种名字念起来都怕咬到舌头的中药方子——抑肝散加陈皮半夏。发病的源头在哪儿,其实梨帆心里清楚得很,只是不想告诉初次见面的医生而已。在那之后,过度呼吸也时不时会发作。

这全都是自己的选择。

房间里满溢的各类物品自不用说,恐怕这过度呼吸也是自找的。这并不是她向往过的未来。但确实是自己选的,是自己选择了这一切。

为防万一,梨帆把洗脸巾当护身符似的攥在手里,另一只手提着刚才慌乱中放在衣架旁的托特袋,走进房间。

这就是1LDK中"1"的部分。这个带床的寝室在远程办公的时候也被当成工作场所来用。这个房间里当然也被东西塞满了。

最多的就是书。一整个壁橱都成了书柜,还有放不下的书,就都堆在地板上。

梨帆走向书桌。桌上有合上的笔记本电脑和笔筒。直到上周还摊了一桌的远程办公资料已经全都整理到了一旁的矮柜中。

梨帆从袋中取出在便利店买的三明治和乌龙茶放在桌上,顺便展开了《漫长的午后》原稿纸。她没有从中断的地方开始,而是从头阅读。

都说女人的下午很长,那么我的下午是从几时开始的呢?

　　伴随着这段文字,仿佛能听见有人在说话。
　　"我想当个小说家,能成功吗?"
　　是很久以前听到的,志村多惠,也就是写这部小说的女人说的话。
　　当时被她的话打动,或许是因为她言语间的殷切,与自己曾经怀有的殷切很相似。
　　在世界逐渐失去丰富,变为过剩的过程中,仍要拼命成为某一种人——就是这种令梨帆狼狈不堪的殷切。那个比自己大了一轮都不止,也从未当面见过的女人,隔着电话也能感受到她的殷切。
　　一定是这样的。事到如今,才意识到七年前自己的心中所感。
　　她顺着志村多惠那很易读的手写字看下去。
　　在这个早已过剩的世界里,有一件事从小以来都没变过。那就是翻开书本,沉溺在故事之中的舒畅。

漫长的午后

此刻的亚里砂无从知晓我对她产生了杀意,她喝了一口撒着巧克力碎的豆乳拿铁,似乎想起了什么,说着"啊,对了",把手伸进夹克衫的口袋,取出了一件东西。

一个刚好能纳入手掌中的平坦四方块。是手账吗?……不,是手机。装在了一个粉橘色的保护壳中,大概就是那种iPhone。

"多多,总之先把手机号码告诉我吧。"

"我没有啊。"

听我这么说,视线原本停在手中iPhone上的亚里砂抬起了头。

"咦?"

她像是没能理解我说的话,稍稍歪了歪脑袋。

连这一点都没变过。为什么不先问我有没有手机呢?她以为人有手机是理所当然的,所以才直接来问号码了吧。

"我说我没有手机。"

亚里砂惊讶地眨眨眼:"为什么?"

"又没什么必要。家里也有电话。"

"不,去外面有时候也要联络啊。"

"我没有那种时候。"

"那你怎么收发邮件呢?用电脑?"

"家里也有电脑,可我不用,也不发邮件。"

"啊?那你完全不上网看看吗?"

"不看。"

"Facebook 和 YouTube 也不上?"

"那是什么?"

"骗人呢吧,你不知道?"

其实我姑且还是知道有这些网站的。

看见亚里砂一惊一乍的样子,反而觉得有点痛快了。

对你来说理所当然的事情,也有人不吃这一套的。

亚里砂把眉头皱成了八字形。她的五官本就显大,表情不言而喻。

"你这样可不行。"

"有什么不行的?"

"你的世界会变狭窄的。"

"才不会呢。倒不如说有了手机之后,用得越多,家里越乱。有手机才狭窄呢——净看那一小片屏幕了。"

亚里砂呆住了,接着笑了起来。笑声和刚才一样尖锐。

还在店里呢,饶了我吧。周围的一切都让我警觉。而亚里砂则毫不在意地擦擦眼泪接着说："多多你啊，真是与众不同。呵呵。你说的对，也许确实变乱了。有了这个，各种意义上都乱糟糟的。"

亚里砂拿起自己的手机，在半空中晃悠了几下。

"不过，我觉得正因为你能这么想，才更应该有部手机。多多，稍微闲散一点更适合你。你结婚对象和儿子肯定也有手机吧？"

结婚对象？啊，是说我丈夫吗？真是奇怪的用词。一般不都会说"你先生"或者"你老公"吗？算了，不管了。

"他们有啊。我儿子的应该和你的一样。"

"iPhone 5？"

"这我就不清楚了。"

"唔，嗯。不管怎么说吧，家里其他人都有手机，就你没有，不觉得奇怪吗？"

"都说过了，我不需要啊。"

"他们也这么说你？"

"什么？"

"比如你结婚对象，会不会说你没必要用手机呢？"

"没说过这种话啊。我纯粹是从来没觉得想要手机而已。"

"真的吗？会不会是你就算说想要，也能料到结婚对象肯定会说没必要，就主动放弃了呢？"

说什么呢？为什么说得好像很懂我一样？隔了二十五年啊，我们有二十五年都没见面了！

已经超越了生气的范畴，对她只剩下愕然。

"这怎么可能呢？想要的东西我自己会买的。这件外套就是。"

另外还有用来研究自杀方法的书。

"啊，多多，你在工作吗？"

"不外出工作，但也得管好一大家子，该用的钱都在我手上。"

我从结婚以来到这把年纪，一次都没外出工作过。

"也就是结婚对象的钱吧？那你儿子也给家里出钱吗？"

她这说法让我不禁皱起了眉头。

我早已经恼怒了很久，可亚里砂却像才刚发现似的，沉下脸来说了句"抱歉"。

"我并不是瞧不起家庭主妇。不管是做家务还是外出工作，都一样辛苦，一样重要。得到相应的报酬也是应当的。"

对她这样的解释，我仍旧无法释然。而亚里砂又接着问："那你有自己的卡吗？"

"这倒还是有的。"

家庭收支用的银行账号是以我的名义开的，借记卡上还捆绑了银行推荐的信用卡功能。

"是吗？啊，对了，多多，我记得你有驾照的吧？"

"啥？"

我能理解她的问题，但不理解她为什么要问这个。

"我们一起兜过一次风的吧，开到了鸭川的温泉。"

"啊，是去过。"

驾照是在我短大一年级时考的。那年冬天，我借了父亲的车，跟回老家的亚里砂来了次一日温泉旅行。

"那次真开心啊。"

"嗯。"我随口附和。

真开心？没错，是很开心。但已经是三十年前了。去的路上、回来的路上、泡在温泉里的时候，我们俩都聊个不停。聊了什么已经记不清了。只有一件事给我留下了深刻印象。

"腹肌……"

回忆脱口而出。

"咦？"

"啊……呃……你让我摸了摸腹肌，对吧？"

在那池温泉里，我们坦诚相见了。虽然高中体育课前也在同一个教室里一起换过衣服，但两人独处又在近处互见裸体还是第一次。真到了那场合，就算是同性也挺难为情的。我正尴尬的时候，亚里砂却有点自豪地向我露出了肚子："瞧我的腹肌，分块了呢。"她说过自己每天都做俯卧撑和腹肌运动，身体线条自然很紧致。只见她心口到肚脐确实有着分明的腹肌线条,但不至于像健美选手那么大块,却有一种把累赘之物完全剔除的简单美。

"等等,讨厌啦。多多,你说什么呢?"

亚里砂笑了。我也跟着笑了,不像刚才那样在乎周遭的反应了。

"想都想起来了,能有什么办法呢?你现在还有腹肌吗?"

"怎么可能有呢?我都五十岁啦。那你现在还经常开车吗?"

"完全不开。典型的有照不敢开。现在开的话,我有信心能撞死人。"

开车最多的时候,应该是儿子出生到上小学期间吧。临时要出个门,或者去幼儿园、补习班接送孩子经常要用到车。开的是丈夫名下的丰田 MARK Ⅱ。当时他只在周末出去打高尔夫时会用车,我开得比他频繁多了。儿子升上初中后,我开车的机会也少了,出去买个东西还要把车发动就太麻烦了,于是我再也没开过。

"那你带着驾照吧?"

"嗯,就当身份证用。"

听到我的回答,亚里砂说:"好,那我们走。"接着就直起身子。

"咦?"

"走啦,多多,站起来。"

"咦,啊?"

我被莫名其妙地催促着站了起来。

"你杯子里也还剩不少呢,边走边喝吧。"

亚里砂披上挂在椅子上的外套,把自己的纸杯捧在手中。

原来这个可以带出去啊。我有一瞬间产生了奇妙的赞叹,又立即回过神来:"干什么?要到哪里去?"

"去给你买手机啊。不过现在都叫智能手机了。"亚里砂抓起自己的手机,理直气壮地说。

两个半小时后,我和亚里砂又坐在了咖啡店里,是上次那家的分店。从本地坐电车三站路就能到终点站,那里直连着一幢购物大楼,店就开在楼里。

因为是连锁店,装潢自然很相似,但面积比上一家翻了倍。靠近入口的柜台与餐桌跟椅子的间隔很狭小,显得密度很高,而往里面就宽敞了一些,气氛显得更为休闲。

我们进店的时候,里面的桌子正好空着,于是又面对面坐下。

"多多,刚才你说是第一次进这家对吧?就是说,你还没喝过这儿的焦糖玛奇朵。推荐你至少尝一次哦,很好喝的。"

我就随着亚里砂的推荐,点了这杯名字像咒语一样的饮料。

味道正如名称给人的想象,是添了焦糖味的咖啡。很甜,但也有点苦味和焦香,喝起来就像在品尝点心,确实很美味。

我稍微喝了几口,当嘴唇离开纸杯时,杯盖的饮用口上沾上了一点红色。

"真合适啊。多多,你的脸很淡雅,所以口红要抹浓一点的。嘴唇红一点,更衬出你漂亮的脖子呢。"亚里砂仔细盯着我的脸说。

我的嘴唇上已经涂了两个半小时前还没有的口红,皮肤上也涂了淡淡一层粉底。

亚里砂在化妆品卖场请美容柜员给我化了妆。虽然我也知道有这种服务,但总觉得是年轻人才会去做的,所以从来没用过。可亚里砂却说:"像我们这种老阿姨才更应该用啊。美妆和化妆方法可是日新月异,必须让柜姐来教才能把课补上。"接着半强硬地把我拉到了柜台前。她把化妆品叫成美妆,把美容柜员叫成柜姐,把追赶潮流说成是补课。

给我化妆的美容柜员也夸我脖子漂亮,又说我的脸化了妆很上镜。照镜子时,我看到自己的嘴唇上涂着不同于平日的深红色,刚开始还觉得有些别扭。但美容柜员和亚里砂不停说着"很合适",我也被她们说服了。我一向觉得自己的脸淡如白水，特别平庸，可现在确实变得精致多了。即便比不上亚里砂，看上去感觉也年轻了几岁。结果是我买下了那支口红。

从化妆品卖场到咖啡店的路上，我也一直在关注自己的脸。见到镜面墙或者能照出人影的玻璃，就忍不住多看几眼。

"对了，我们来张自拍吧？"亚里砂指着我手上的长方形金属板说。

手机，不，智能手机，iPhone 5。

我终究还是买了。我被亚里砂拉着坐上了本应该轧死我的列车，来到了终点站前的大型手机店。

就算我有银行卡，突然间买这么贵的东西还是很犹豫，可亚里砂笑着说："没关系啦，机器本质上是免费的。"

进入店里，就见到四处都写着"0元购机"这四个字。对店里张贴的传单和价格标签解读一番来看，智能手机实际上仍然是价值好几万日元的高价商品。但分期购买的话，就会从每个月的话费中扣除相当于应付金额的费用，所以才等同于购机免费。

总觉得这是踏进了任人宰割的圈套。在我所知的常识中，分期付款是要收取利息的，可为什么能扣除到免费购机呢？我问了之后，亚里砂告诉我说："你能注意到这一点可真了不起。因为手机必须拉到足够多的用户才能赚钱呀。他们就是这种商业模式。"光是把圈套换成商业模式，我仍然不太理解。

智能手机除了iPhone之外还有一种叫安卓机的，出了很多种类。根据合约套餐和形式的不同，有许许多多的花样。我根本不知道该选哪个。机型和套餐全都是身旁的亚里砂帮我决定的。不，是她擅自决定的，挑了和她完全相同的机型。

之后她又说"顺便化个妆吧"之类的话，把我带到了购物大楼的化妆品卖场，然后才来到咖啡店，开始教我怎么用智能手机。

用手指按一下叫点触，保持点触状态不松开手指移动叫拖拽，像扫过屏幕一样迅速移动手指叫滑动，把两根手指放在屏幕上展开是放大，反过来让手指靠近就是缩小。接着还有发邮件的方法、浏览网页的方法、搜索的方法。亚里砂所说的"上网看看"其实还不够准确，应该是看因特网上的网站。像这种店铺或者商业设施中，也有不少能提供免费上网的Wi-Fi服务，所以她又教我怎么寻找和连接，之后又教我怎么拍照。

我照着亚里砂说的做，点了画面上所谓的"图标"，立刻就映出了我的一张大脸。原来如此，不光后面有，连前面也有摄像头，所以就能像这样看着屏幕来拍自己的脸了。

"你瞧，很厉害吧？自拍用的前置摄像头也有120万像素，跟以前的数码相机差不多了。主摄像头有800万像素呢。"

我根本不懂亚里砂说的数字是什么意思，不过看着画面上映出的自己这张脸，总感觉跟刚才在化妆品卖场镜子里看到的有些不同，当然跟平时常见的脸就更不同了。我想不仅仅是因为涂了平时不会碰的深色口红。

我不由得呵呵笑出了声，亚里砂也点着头说："自拍里的脸真的有点滑稽呢。"

没错。她说的对，是有点滑稽。

"准备好了吗？点这里就能拍了。"

亚里砂半站着，伸出手指点触画面。类似快门的声音响起，画面固定不动了。照片拍摄完成。

"原来如此。那点这个的话……"

我有样学样地点了摄像头切换按钮，把亚里砂收进了画面中。亚里砂或许也察觉到了，她立刻摆出一个故作矜持的笑容，与我按下拍摄按钮几乎在同一瞬间。

"也能拍普通的照片。"

快门声响起，亚里砂的笑容在画面中静止了。

总觉得还是挺滑稽的，我笑了起来，亚里砂也笑了。

"讨厌，多多，你别突然间拍我呀。"

"可是你不还做了个表情嘛。"

"那当然，我可是滴水不漏的。"

我们又笑了。

为什么呢？不经意间，我有一种怀念的感觉。这是我很熟悉的感觉，就好像回到了过去，回到了高中的那段时光。明明那时根本就没有iPhone这种东西。但当时经常跟亚里砂像这样说笑打闹。

自从她在开学典礼向我打招呼时起，就觉得她这样的人让我很难招架。"多多"这样的小名真是多此一举啊。她夸我脖子好看，反过来说就是相貌上没有能夸的地方了。至于"与众不同"，在我看来就是把我当成怪人。然而，和她在一起的时候真的很开心。

"多多，你好厉害呀。理解速度特别快，真不愧是你。"

"这种东西只要有人教，谁都能学会吧？"

这块叫智能手机的金属板子，除了打电话之外还能用来做很多事。可我用起来倒并不觉得特别复杂。只要看着画面，点触那些叫图标的东西，就能做我想做的事了。

"才不是呢。我们这代人里，第一次接触就能玩得这么溜的人，几乎见不着。"

"是吗？"这话我还挺受用的。

"是不是觉得世界变宽广了？"亚里砂看着我的眼睛。

"也许吧。"我不置可否地回答。

不单单是iPhone，焦糖玛奇朵也好，美容柜员给我化的妆容和深色口红也好，都是我直至昨日的五十年人生里未曾接触过的事物。

以前就是这样。亚里砂总想着把我的世界打开。好坏两面都是。

"多多，你还在写小说吗？"

被问到了刚好回想到的东西，我有点不知所措。

高一时，我在亚里砂的劝说下开始写小说了。

那一年，某个流言席卷了全日本。

据说有个戴口罩的女人会向放学路上的孩子搭话，提问说："我漂亮吗？"如果回答"漂亮"，那女人就会边说着"这样还漂亮吗？"边摘下口罩。女人的嘴巴裂了个大口子，一直延伸到耳根。小孩子会害怕地脱口而出："不漂亮。"于是女人就用藏在身上的剪刀把那孩子刺死了。这就是所谓的"裂口女"都市传说。有人说女人拿的是把菜刀；有人说孩子没被杀，而是尖叫着逃走了；有人说从旁目击过那样的女人。各类故事变种也很错综复杂。

这个流言在暑假期间爆发性地扩散出去，连杂志和电视节目都做过专题，成了不小的社会现象。假期结束后的教室里，关于裂口女的话题也不绝于耳。

和亚里砂一起吃盒饭的时候，也聊过裂口女的话题。我提到了自己偶然间的想法："裂口女一定也有她的苦衷吧。"

"什么苦衷？"亚里砂歪着脑袋问。

我就随口编了个"裂口女为什么会成为裂口女"的故事。

她本来是个平凡女子，有个订了婚的恋人。但某一天，恋人向她提出分手，理由是，看着你这张阴郁的脸，太晦气了。所以她为了能永远展露笑容，就把自己的嘴巴撕裂了。恋人十分害怕这样的女人，拒绝了她。之后，女子了解到恋人其实已经有妻有子，意识到自己是被玩弄了，于是就埋伏在那孩子放学的路上，挥舞起早就准备好的特大号剪刀——还记得是这么一个故事。

亚里砂觉得这故事有趣极了。

"好厉害，这是刚想出来的？好厉害，好厉害。多多你果然是与众不同的。那我问你，女人是怎么喜欢上那种恋人的？"

既然亚里砂发问，我就即兴说了女人与恋人是如何邂逅以及她遇见恋人之前的故事。短暂的午休还不够我们聊的，放学后、第二天、第三天，我都把刚想出来的故事说给亚里砂听。有时候还会说昨天的不算，其实是如此这般，等等，对故事修修改改。于是一星期左右的时间里，一个女人从出生到恋爱，再到杀死恋人之子的故事就完成了。

"多多，这也太有意思了。可不能光在嘴上说说就完了。写下来吧，写成小说。我想看你写的小说。拜托了，写吧。只能写下来了。"

"只能写下来了"，亚里砂这句不容分说的话语推了我一把，于是我开始写小说。总之，我先以说给亚里砂听的故事为基础，尝试写成了文章。用了《裂口女物语》这个毫无修饰的标题。

亚里砂喜出望外地读完这篇，夸奖说："写成小说更有趣了，多多一定有写小说的才华。"

我心情很不错，为了回应亚里砂让我"再写一篇"的请求，我正式写起了小说。

虽然没有什么规定，但我基本上是以两个月一篇的节奏，写大约二十张原稿纸长度的短篇。恐怖、推理、搞笑、浪漫、科幻、奇幻……没有固定的题材，想到什么就一篇篇地写出来。

亚里砂十分乐于阅读它们，但每次也不仅仅是夸奖，有时会说更喜欢上次的，有时会说没法接受这个结局。只要有不满之处，她就会坦率地表达感想。极少几次还给过差评，说"这次完全不行，一点都没意思，是怎么回事"之类的话。

渐渐地，我对自己一个字都不写就随口评判的亚里砂有点生气："明明是你说想看才写给你看的。"但很不可思议的是，我并没想过放弃写作。因为她也会鼓励我说"多多下次一定能写出更好的"。她那语气真是站着说话不腰疼，让人从心底里来气，可另一方面也让我涌出了"写就写"的斗志。

结果，从高一期中到毕业时，我总共写了十四部短篇小说。但从那以来就一直都没写过了。

所以我回答说：

"没再写了。"

"为什么？"

"还能为什么……那只是高中时写着玩的吧？"

"啊，真可惜……"

亚里砂又把眉头皱成八字形。跟刚才听说我没有手机就说"不行"时的表情完全一样。

"多多，你的小说根本就不是写着玩的水平啊，真的特别有趣。刚开始的《裂口女物语》就棒极了。《猫与万花筒》和《钟表之森》也很好。《钟表之森》开头的几句我到现在还记得呢——'惨白的哀伤纷纷飘落，但这还不是世界的终结'。"

亚里砂背诵出了我自己都早已忘记的小说标题和片段。那是挚友死去后的一名少女眺望雪景的场面。

当时我感受到的焦躁伴随着羞耻感一齐涌上心头。

"别念了！"

我不禁提高了嗓门。

果然这女人跟以前一样，一点都没变。

在高三即将毕业的三月，亚里砂要去东京读大学，我则会去当地的短大，已经确定将会分道扬镳。我怀着"这是最后一部"的心情把小说交给亚里砂，她发表完一通感想之后，这么说道：

"多多，你真的很有才华。你今后一定会成为小说家的。"

不是"能成为"而是"会成为"。亚里砂的言语间，仿佛这已经注定。我感到很困惑，同时又心生愤怒。

在当时，我还不明白自己为什么会生气。现在却隐约明白了。

"那只是，高中时的——玩——耍——而已。"我加强语气，一字一顿地说。

没错，那只是玩耍。

写小说是很愉快。所以当有人说着"写出来吧"在背后推我一把时，我很感激。我的世界变大了。但是那么大就足够了。那么大就足够了。

我写小说只是为了让亚里砂一个人看。而亚里砂也只把感想说给我一个人听。那是在一对一的封闭关系中进行的，是换了一种形式的交换日记。

我从没想过把自己的小说广泛发表到全世界去。不管亚里砂如何夸奖，我也不认为自己有才华，更无法想象成为小说家将来会是什么光景。

可亚里砂却擅自替我下了决定。或许，这对亚里砂来说是理所当然的事。因为她就是个不断拓宽自己世界的女人。她想的也许是，一个坚持写了许多小说的高中生一定会成为小说家，或者至少会以小说家为目标。

亚里砂本身就文体兼优，受尽众人关注，大学也是轻松考取，后来在一流贸易公司工作，现在还达成了独立的目标。有什么梦想或目标就去实现，这才是她眼中的人生，所以她的想法也无可厚非。

但我却不同。我根本不想成为什么小说家。

我很喜欢用力拉着我，让我的世界变得宽广的亚里砂。另一方面，我又很讨厌擅自把世界拓宽到令我抗拒地步的亚里砂。

"是吗……既然你自己都这么说，那就算是吧。"亚里砂仍皱着八字眉叹了口气，显得非常遗憾。

看到她这副表情，我的胸口隐隐作痛。为什么非得是我来承受这种感觉？

"既然这样……"亚里砂像是突然心生妙计似的说，"要不要再来玩一次？"

不懂她在说什么，这回是我歪过脑袋。

"就是说，再写篇小说嘛。写给我看。"

"哈啊？你说什么呢？"

为什么事到如今我还得写小说给你看啊？

"你瞧,难得买了台iPhone智能手机嘛。"

买了又怎样?难道说……

"你是要让我用这个一点点写出来?"

虽然她刚教会我打字,可一想到要用这玩意儿写小说,我都快晕了。

"不是,不是。不过,我想你也会很快就习惯的,到时候打字一定很麻利。我是想让你用它查东西。普通的字典或者百科全书上的东西,现在只要上网轻松一查就都有了。连哪年哪月发生过哪些事都能知道,肯定对写小说很有用的。"

啊,原来如此,是让我用这个去查各种东西啊。

我把视线移到了手中的iPhone上。

"你就写嘛。想写的时候随便写点就好。要是写了的话,就发邮件给我吧。我可把这当头等大事,抽时间也会看的。"

亚里砂调皮地笑了。

我和亚里砂在终点站前道别了。

只留下我一人,我也不再想从站台上跳下去了。我并不是放弃了寻死,只是先延期吧。焦糖玛奇朵、新口红、iPhone,在厌倦这三样东西之前,计划暂且搁置。

走出本地车站的检票口时,已经是傍晚时分。

我单手握着iPhone,漫无目的地拍摄起站前的景色。人流,柏青哥店花里胡哨的招牌,反射着夕阳的大楼玻璃幕墙，环岛路口的巴士与出租车，散落在路边的烟头，混杂着暗红与靛蓝的天空，与仿佛要把天空切成碎块的交错电线。

一种不可思议的感觉。

每一样都是司空见惯的事物，拍得也不算特别好，但就是觉得很新鲜。一种跟看到自拍照时相同的滑稽感涌上心头，整个小镇甚至都像被施加了魔法。

怀着莫名轻快的心情，我一边不时用 iPhone 拍摄着景色，一边沿着站前的大路前进。半路上想起了回家要准备晚饭。

儿子已经离家独自生活，所以只需要准备丈夫和自己两个人的饭。只要盘算一下家里有的食材和做好的蔬菜，就能轻松组成菜单。好像用现成的就够了——家里有猪肉和韭菜，做个韭菜炒蛋吧。啊，没蛋了。

蛋还是隔着车站另一边的超市更便宜，不过现在折返就太麻烦了。去便利店买吧。十个装的蛋，便利店要比超市贵上二十日元左右。我为这点差价稍微犹豫了一下，还是走进了大路旁的便利店。

魔法在那里解开了。

"你连这点事情都搞不明白吗？这在日本可是常识啊，常识！钞票要找齐方向，递出去的时候要好好让肖像面对客人才对。你这乱七八糟的，又是反方向又是背面对人，也太没礼貌了。你听懂没？"

收银台处，一个白头发的男人正在对店员大发牢骚。

那男人是个横向纵向都很夸张的彪形大汉。我从入口处斜着望过去，能见到男人宽阔的背影和身材娇小的女店员。

"啊，呃……不、不好意思。"

店员用有些生硬的话语道歉。我在这家店里已经见过她好几次。乍看和其他兼职的人没啥两样，但说话语调很独特，还记得名牌上写着"丁"字。"丁"字在日语里有两种读音，也不知该念哪一种，总之她应该是个外国人吧。

"啊？喂！你要是真觉得错了，就给我好好道歉。应该是'万分抱歉'才对吧！"男人用更强硬的语气说。

店员一副不知所措的样子，整个人都畏畏缩缩的。

"快给我道歉啊！说啊！万——分——抱——歉！"男人依然在要求道歉。

看来他是在为找零时收到的钞票朝向散乱而大发雷霆。为了这点小事就那样高高在上地斥责店员，简直不正常。最近常听到的"恶意顾客"说的就是这种人吧。

"啊，唔，万——万分……"

店员尖细的嗓音在颤抖。从远处就能听出她很害怕，说不定已经含着眼泪了。被那么高大的男人呵斥，肯定会害怕啊。

"听不见！你是不想认真道歉吧？再说了，你那口日语也太臭了！听着，你想在日本工作，就给我先掌握日本的礼仪和语言再出来！"

不可理喻。钞票方向没对齐不是常有的事吗？以我迄今以来在这家店目睹她收银的经历来看，从没感觉到她的日语有什么不妥。

简直是故意找碴儿，为了发火而发火。那个男人的丑恶，都快让我吐了。

从收银台后面的准备区走出来一个穿制服、戴眼镜的中年男人。我对他也有印象，是这家便利店的店长。

"那个……顾客您好，真是万分抱歉。刚才给您找零时，是我们有所疏忽。"

"是啊，就是这样。这家伙就这么七零八落地递给我了。我说你们的服务水平也太低了吧。"

恶意顾客的语气稍微平和了一点。态度虽然依然蛮横，但用词收敛了不少。这样的变化也让人犯恶心。

"感谢您的意见。这次真是太对不起了。你也别愣着。"

店长催促着店员，两个人深深地低下了头。

"算了，你们明白就好。我也是为了你们好才说得难听了点。招待客人最重要的就是礼仪，是礼仪啊。店长啊，我也算是管理过东证一部上市企业的人，所以才特别明白。就算成本低，也不能雇这种礼仪和说话都不像样的人啊。"

或许是一通发泄后很是痛快，这位恶意顾客开始得意地侃侃而谈。店长则是连连卑躬屈膝地说："感谢您提出宝贵意见。"

什么错都没犯就被强迫低头道歉的店员，现在不知是怎样的表情呢？来到日本遭到这种待遇，是怎样的感觉呢？

不行了，我看不下去了。

刚走进入口就呆站着的我，立即右转来到店外。回头又瞥了一眼，三个人似乎都没注意到我。恶意顾客还在喋喋不休。

我快窒息了，心脏越跳越快。

真想对那个恶意顾客狠狠说几句，但我做不到。

"住嘴吧，真丢人。如果店员是个比你更魁梧的凶面孔，恐怕就不敢说这种强人所难的话了吧。什么东证一部上市企业啊？还管理呢？你就是个丑态百出的恶意顾客而已！净挑不敢还嘴的人来泄愤，简直就是卑鄙下流！"——脑海中早已组织出话语，但还是不行，张不开嘴。

赶快，赶快回家。脚步自然地变快了。

如果是亚里砂，肯定不会逃跑。她会毅然踏入店中，把那个恶意顾客数落一番。

我就说不出口，我做不到像亚里砂那样。

我穿行在魔法已经解开的小镇中，回到逐渐老去的小镇、习以为常的小镇。我就像听到午夜零点钟声的灰姑娘一样，急急忙忙地走上归家路。二层楼的西洋风公寓"芙罗拉之家"，种着梅树的猿渡家，刚翻修的山岸家，在青空停车场转弯，走过宫地家门前，回到自己家。

啊，赶快，要快。

我脱下外套，摘下项链，冲进卫生间卸妆。把刚买的iPhone和《完全自杀手册》一起藏进寝室的衣橱。我变回了与昨天别无二致的自己。

得赶快准备饭菜了。

在电饭锅里放入米和水，切换成快煮模式，按下开始键。大概半小时就能煮好，比平时的饭会硬一些，但丈夫不会注意到的。

确认一下冷藏室和冷冻室，有现成的炒牛蒡、筑前煮、冷冻烧卖。味噌汤里就加紫菜和葱。没买到鸡蛋，就把猪肉和韭菜一起炒吧。

先是味噌汤。在小汤锅里加水煮沸，沸腾了就关火，融入高汤味噌，加紫菜和葱花。再是牛蒡，就直接装碟，煮前放微波炉加热一下。然后是猪肉，用盐和胡椒调底味，稍微撒些淀粉，把韭菜切三厘米的段。在平底锅上注油炒肉。用豆瓣酱、料酒和酱油调味。丈夫的口味重，要炒得鲜辣一些。差不多入味的时候把韭菜下进去，加点火力翻炒。

煮饭和炒菜几乎是同一时刻结束的。

我才刚松了一口气，恰巧丈夫就回来了。比平时还早一些。他一声招呼都没打,就打开家门走了进来。

"你回来啦。"我说完,他只是"嗯"了一声。我的丈夫就是刚才在便利店见到的那个卑鄙的恶意顾客。

3

二〇二〇年十二月二十九日

梨帆紧盯着自己的手机陷入沉思。这是两年前冬天换的 iPhone XS。

现在最新的 iPhone 型号大概是 12。而在志村多惠《漫长的午后》中登场的是 5 代，应该还没有人脸识别。文中亚里砂说很厉害的摄像功能与现在的最新机型相比，已经很弱了。

从 5 到 12，更替了 7 代，让人感觉到时间的流逝。

为什么志村多惠到现在才寄来小说呢？

从《漫长的午后》中的二〇一三年算起，过去了七年。会不会并非执笔耗费了这么长时间，而是这七年间隔本身就有必要存在呢？读到最后就能明白了吧。

不过这仅仅是梨帆的想象。作品中并未给出明确解释。

昨晚，梨帆把《漫长的午后》从头到尾看了三遍，直到凌晨。之后在床上睡得也很浅，明明没开闹钟，可不到上午十点就醒了，恐怕只睡了四小时左右，但一点都不困。

脑袋昏昏沉沉的，这也是常有的事。睡眠不足与健康状况不良已经成了梨帆的日常。持续到昨天的头疼消失了，现在甚至能说是状态挺好。

总之，梨帆先去厨房漱了漱口，从纸箱里取了一个能量果冻，伴着补铁剂和多种维生素补剂一起送进胃里。她已经提不起精神去买像样的早餐或者出门吃饭了。

也没换上当睡衣穿的运动服，她就这么单手拿着手机，让本已沉重的大脑运转起来。

——我是在主动思考，还是在被迫思考呢？

——为什么是现在把小说发来？

如果理由如梨帆所想，就又浮现出另一个疑问。

——为什么是我？

最简单的答案就是梨帆自找的。

"不论短篇长篇，只要写了新的作品，都请发来吧。"

七年前，她在电话里这么说过。所以对方写了新作品就发来了。这很合乎逻辑。但梨帆已经不再是小说编辑，新央出版也从小说界退出了。志村多惠是不知道这件事吗？或者说，她是知道之后仍然发给了梨帆吗？假如是后者，她对梨帆又抱着什么期待呢？

比起胡思乱想，还有一种更快知道答案的方法——

只要在 iPhone 屏幕上再点一下就行。

屏幕上显示着十一位数字。《漫长的午后》原稿最后，写着"这是我的手机号码"，同时附上了这串数字。

这是不读完全文就不会注意到的位置，没必要故意写个假的。这个号码是藏着意图的。

"读完之后请给我打电话。"——志村多惠在这么说。

要回应吗？还是不回应？选择权在梨帆手中。对方并不是专业作家，只是个寂寂无闻的女人。况且，没人规定必须对每份投稿都给予回应。

但梨帆还是有种被试探的感觉。

"你读了这部小说之后会如何行动呢？"

梨帆暂且将视线从手机上移开，望向彻底当书柜来用的壁橱。上面几层上摆放着的是以前收拾了好几遍都不忍心扔掉的书。大部分都是虚构文学小说和漫画。其中还有不少是在栃木时就很喜欢，专门带到东京来的。《若草物语》《双星奇缘》《岸边男孩》《他和她的故事》《十二国记》《放学后的音符》《NANA》《消失于春天》《神之船》《恶女罗曼死》《HANG LOOSE》……她不会频繁地重读这些书，有的还买过电子版，但就是想一直放在手边。这些都是曾与梨帆的丰富生活同在的故事。

梨帆意识到自己喜欢书，还是大三刚开始考虑找工作时。"你这么爱读书，干脆去出版业怎么样？"闲谈中，朋友这么说。

这让梨帆很吃惊。当时梨帆的读书量充其量每个月一两本。在她的概念里,要挂上"爱读书"的头衔应该读更多,每年至少读满一百本才行。

可重新审视一下才发现,大部分同学除了课本和杂志之外,基本都不看铅字书本了。校园中的某处肯定还有读更多书的学生,但在梨帆的朋友圈中,自己已经是最爱读书的了。

"原来我喜欢书啊——其中尤其喜欢虚构的故事。"高中前,她也曾打算画漫画或者写小说。临到动笔时,才发现大脑一片空白,总是遭遇挫败。她心想:我一定是没有从零创作的才能。但帮助有这种才能的人还是能做到的,也想尝试一下。

一旦有过这种想法,她就觉得自己将来的就职方向仅限出版业相关了。所以在找工作时也只针对出版社。

然而实际情况是,像梨帆这种抱有"自己创作不出,但想帮着做书"想法的"爱书"大学生,才是多得数也数不清。出版业不景气,很久以前就被称为夕阳产业,可出版社在应届生中依然有着稳固的人气,如果是大出版社,以东大为首的超一流大学毕业生都有很多去应聘的。大三的末尾——大概是一、二月开始吧——就得填申请表、参加说明会、搞企业研究、准备面试、学通识……本就繁忙的大学生活变得更忙了。

即便如此,当作第一志愿的大出版社,梨帆在第一轮面试后就被淘汰了。接着面试的几家公司也拿不到内定[1]，她本以为出版社已经没戏，正打算放弃大社去找更容易录取的外包编辑工作室时，新央出版的内定消息出了。同时，梨帆还听说会满足自己的希望，安排到做小说的第二编辑部去。

当时很开心，跟第一志愿的国立大学落榜后上了东京的私大时有点相似，但更觉得自己获得了深层次肯定。

不过后来问当时负责招聘的上司为什么给自己发内定时，得到的答案是"凭感觉"。况且时过境迁，整个新央出版都不做小说了。

看着列在架上的一串书脊，梨帆又想起了志村多惠的话语声。

——我想当个小说家，能成功吗？

还是打个电话吧。没办法忽视她。

正当要触碰到屏幕的时候，来电铃声响了，画面上显示出一个名字：

风宫华子。

是梨帆负责的作家。她本来是小说家，但后来成为专栏和随笔的写手，所以新央出版退出小说界之后她俩仍有交情。而现在的交情还更深了。

---

[1] 在日本，招聘时的"内定"是指一种保留解约权的劳动合同，相当于录用通知，但具有法律效力，公司不可无故解约。

一下子就触碰到通话图标,梨帆很后悔。

"小梨?"

手机里传出她尖锐的嗓音。梨帆本想一句话都不回答就挂了,可对方又像恳求似的说了句"你在听吗,小梨?",梨帆只得把手机举到耳畔。

"喂,你好。"

"啊,太好了。小梨啊,你已经开始放假了吧?现在来不来银座?在翡翠吃午餐哦。我请你。"

关西口音和连珠炮似的语调。

翡翠是银座一家有名的和风餐厅,是政治家或者企业人士聚餐才会去的高级店,就算中午吃份简餐,其价位也不是能随便请来请去的。就算因为受疫情影响,饮食店的客流量减少了,这也不是一家哪天想吃就能进的店啊。也就是说……

虽然情况大致能猜到,梨帆还是问了句:"怎么了?"

"被佳奈美放鸽子了。我们三个月之前就约好了要来,早就预订了。可到了今天,她一个电话打过来说,仔细考虑之后还是不想跟我去吃饭。"

果然,梨帆就知道是这么回事。她说的佳奈美是一位名叫山冈佳奈美的记者,还跟凤官华子共著过书,两个人关系好得像亲姐妹一样。不,只能说是关系曾经很好,是过去式了。梨帆也知道她们俩最近散伙了。

"原来是这样。可我今天有点事……"

"啊？那你至少在东京吧？"

"呃……在啊。"回答之后才发觉糟了，应该说早就回老家了才对。

"那不就好了？就来中午这儿一小会儿，行不行？"

"可是我今天有事啊。"

"小梨，你也不肯跟我一起吃饭啊？"

"我不是这个意思。"

"没关系啦。说话不用这么遮遮掩掩……你也不喜欢我，对吧？佳奈美也好，久保田也好，还有圈子里的那些人，都在Facebook上写我的坏话。什么'某精神病作家'，说的不就是我嘛。"

听筒中传来的说话声带着明显的哭腔。

"哪有啊？我跟山冈和久保田，还有那个圈子的人根本没来往，也不看什么Facebook。"

就算梨帆这么说，风宫华子还是不以为意地继续喋喋不休：

"久保田还说我是靠潜规则才拿到工作的，整天写些有的没的。割腕的事情都被她散布出去了。我是信任她才告诉她的。再怎么把名字隐去，大家也都知道是我啊。啊，我干脆去死吧。活着一丁点好事都没有！"

出现了。"干脆去死吧"。梨帆小心翼翼地不让呼吸喷到麦克风，叹了口气。

风宫华子本来就是各方面都有点毛病的人，而她尤其恶劣的就是会像这样拿自己的性命当挡箭牌来操控他人。

她的手腕上有无数割腕的伤痕,这是事实,但恐怕并不是真的想寻死而割的。有更多能彻底死透的方法,嘴上老挂着"干脆去死吧",一定是为了吸引注意的威胁。

"是吗,那随你的便吧。"——这句话浮现在脑海,但她说不出口。

其实说出口也没关系。其实梨帆已经不打算跟她一起做新书了。就算风宫华子死了也无所谓,跟我没关系,梨帆想。

然而,心里话还是不能拿到台面上来讲。

"别说傻话了。我知道了,银座的翡翠是吧?我刚起床,最快也得十二点半左右到,行吗?"

真正讲出口的话与其说是答应,不如说是服从。

"真的吗?谢谢你!"

风宫华子几秒前的沮丧已经无影无踪,开朗得过了头。

看来跟志村多惠的电话只能在餐后再说了。

梨帆的心里很烦躁,却又有种松了口气的感觉。

她早就知道翡翠的大名,但还是第一次进这家店。中央大道旁的商住两用楼二层,整层楼都是这家店。店里的灯光打得很克制,刚进去有种昏暗的感觉。眼睛习惯之后就觉得灯光跟山水庭园风的高雅内饰搭配得恰到好处,能体会到一种幽深玄妙的气氛。

店里是全包厢制，梨帆被引到房间里，风宫华子已经先一步坐在桌旁了。

用了一大堆金枪鱼的海鲜沙拉、用特制高汤做的和风清汤、海胆和鱼子酱做的开胃菜、白煮生蚝、近江牛排，收尾是鲑鱼子饭，甜品是柚子雪酪。套餐的配酒据说是由山梨县酒庄专为翡翠生产的汽泡酒。

尽管店内的氛围和高级餐馆的金字招牌起到的加成作用也不小，可这翡翠的特别午市套餐真是让人心服口服的美味，并没有多么标新立异的菜式，但出品高雅，不管吃哪一道都很有满足感，让人觉得别具匠心。

在干杯前，从两人在桌旁面对面的瞬间开始，风宫华子的话就叽叽喳喳地几乎没停歇过。梨帆一边敷衍着她，一边想：如果可以的话，真希望在其他场合品尝这些美味。

然而她自己也想不出能有什么其他场合来这家店。编辑是个聚餐很多的工作，因对方身份而异，有时也能去到相当高级的餐厅。有人甚至大言不惭地说"能靠经费吃大餐就是这份工作最大的优点"。但像翡翠这种要提前很久才能预订的店基本上不会去。当然，更不会私下来吃。

"……真的是荒唐透顶。只要稍微认真想一下就能明白了啊。可我把话一说出口，所有的人都说我是叛徒！"

在主菜牛排上桌之前，梨帆已经听她把换汤不换药的话讲了一遍又一遍。抱怨、哭诉、咒骂，简直是负面情感的总动员。

"今天也整个泡汤啦,我被她当成'沙包'了,好好的休息日都在搞些什么啊?"脑海中的另一个自己发出慢半拍的吐槽。

梨帆与风宫华子是编辑与写手的关系。梨帆发约稿请风宫华子写文章,只是工作上的关系。不是朋友,至少梨帆不觉得是朋友,没道理在休息日还挤出时间来无止境地听这些根本不想听的话。

但即便她们不是朋友,风宫华子也确实是一位很特别的写手。

"佳奈美不也是因为跟我来了次对谈才受关注的吗?可她却恩将仇报,出去胡说八道。久保田也是太够意思了,什么'潜规则'啊?小梨,我记得跟你说过吧?他其实约过我好几次,但我都没理他,他就去跟佳奈美睡了。真的是,'脑子瓦特了'。哈哈,知道这个吗?'脑子瓦特了',就是脑子有毛病。"

风宫华子塞了一嘴的肉,鼓着腮帮子还能灵巧地滔滔不绝。

风宫大姐啊,照这么说的话,你不也能算是我推广出去的吗?梨帆也吃了块肉,顺便把这问题一起咽下了肚。

距今六年多前,二〇一四年夏天。

仍是《小说新央》编辑的梨帆第一次见到风宫华子。那时的风宫是个几乎要销声匿迹的小说家。由于过去的责任编辑要离职,梨帆接下了责编的事务。

风宫华子出道的时间要再往前数十一年。她用一本官能要素很多的恋爱小说赢得了一个公开征稿的新人奖。当初她不到四十岁，相貌也挺漂亮，宣传时被包装成了文坛女新秀的形象，获得了一点关注。但她的出道作品并没有周遭期待的那么畅销，之后出的作品也没引发任何话题，恐怕是工作委托年年减少，新选题也很难通过了吧。梨帆接手的时候，她已经两年没出新书了。

像这种持续低迷的小说家还挺多的，或者说大部分都这样。

当然，那些连发几本畅销书、获得文学奖、作品被改编成影视剧、成绩斐然的作家也是存在的。一年里赚的钱远超普通上班族一辈子工资的人，说有也真有，但也只是那么一小撮。能纯粹靠小说收入来生活的人，往多了算也就占总体的一成吧，最多二成。大部分小说家都有其他工作或者在做兼职，出道之后没什么苗头，几年后就消失不见了。当小说家容易，坚持下去难，这已经是行业内的共识了。

六年前的风宫华子也是一边做着陪酒的兼职，一边勉勉强强写着小说。即便如此，从出道起能存活超过十年，也算是"混得不错"的作家了。上一位责编离职时还能交接给梨帆，是因为编辑部对风宫华子的判断是"暂且保留"。如果认为某位作家已经没希望了，恐怕就不会安排新的责编，干脆断绝关系了。不过真的只是"保留"而已，当时的编辑部里压根儿没有主动向风宫华子约稿的意向。

"要不要试试写随笔？"梨帆在与她首次见面的碰头会上，

如此提议。

刚开始根本没这个意思的，只是想在她家附近的咖啡厅里做一下自我介绍，顺便打听打听她今后想写怎样的作品，以为不到一小时就能结束了。

说实话，此时的梨帆也对她完全不抱期待。她的书梨帆以前连一本都没看过，因为接手做了责编，才把过往作品看了几本。哪本都不算差，但总感觉差点意思。就算是类似路线，也有很多比她更有趣的作家。

当时的第二编辑部里，每个编辑要负责的作家是大约五十人，不可能全都是作品符合自己口味的作家或是值得期待的作家。

让梨帆改变想法的契机是碰头会比预计的时间长了不少，连咖啡都续杯了。

时间拖长纯粹是因为风宫华子的话停不下来，而且她说的压根儿不是新作的构思，只是一个劲地发牢骚。

从前任编辑和当初《小说新央》的总编开始，到看不惯的同行、评论家、书评人、自己的前男友们、电视明星、政治家，她一个接一个地发起炮轰，嘴里的坏话就没停过。

刚开始真是拿她没辙。

和编辑开会时发牢骚和骂人的作家其实还挺多的，听他们的牢骚也属于工作范畴内。小说这东西并不是只有高尚的文化，有时从负面和肮脏的情感中也能诞生出杰作。可是，被迫听这些不想听又长篇累牍的话，绝非一件愉快的事。

话又说回来，在听风官华子那滔滔不绝的恶言恶语时，梨帆甚至有点佩服：亏她能这么变着法子地说别人坏话啊。

况且她损起人来时不时还挺有趣的，比如"说起那家伙的脑袋，真是秃得太让人觉得被猥亵了，就像顶着一个生殖器走在外面"，或者"蠢女人分两种，穿着泡泡袖的蠢女人和是真蠢的女人"之类的。每一句都很过分，但让人忍不住发笑。梨帆觉得这比她写的小说有趣多了，就想让她试着写点随笔。

正巧，《小说新央》上有个一页篇幅的随笔专栏，叫"让我说一句"，并不是特定写手的连载栏目，而是每个月分别向不同作家约稿。责编也是轮换的，可以自由地向当时感兴趣的作家发起邀约。很快就要轮到梨帆负责了，所以就顺便问问她愿不愿意写。

"我不会写随笔啊。"风官华子刚开始还面露难色。"只要你把刚才说的那种话，用勉勉强强能登上杂志的语句写出来就行了。"梨帆这么一说，她就来了句"什么玩意儿"，当场爆笑如雷，接着说"那我写吧"，答应了下来。

事后回想起来，这篇随笔就是一切的开端。梨帆那时的约稿，说是给风官华子的人生带来了巨变也不为过。

截稿日设在碰头会的两个月之后，她在最后一刻发来的稿件里写的是当时引发热议的女科学家的事。那位女科学家在年初声称发现了生成万能细胞的方法，成了轰动一时的红人。然而在那之后，对她研究的各种质疑频发，甚至开始怀疑她动用不正当手段，结果是论文撤稿。伴随着撤稿，论文共同作者的一位男科学家自杀，世纪级的大发现急转直下，变成了重大丑闻。

风宫华子的随笔内容一概不涉及科学上的是非，自始至终在评价女科学家的言行。正如梨帆所提的要求那样，她用勉勉强强能登上杂志的语句又带点恶毒的表达来调侃女科学家的各种举止，最后又说她可怜，表现出同情心。在极尽挖苦的笑点之间，又渗透着对女性工作很难得到正当评价的批判，是篇很有看点的随笔。

这一篇登出来之后，有了一点小反响。说有反响，也只不过是明信片和邮件各来了三封。可对于小说杂志上的一页随笔来说已经算是史无前例了，或许能说是大反响吧。每一封都是"有趣""痛快""还想再读她的文章"之类的好评。

正巧版面有空白，所以梨帆以此为契机，就开始向风宫华子发起了随笔连载的邀约。单篇随笔大获好评而发展成连载，让风宫华子很是得意，她嘴上说"有这个闲工夫还不如给点小说的活儿"，实际上还是快活地接受了。对她这种低迷期的作家来说，就算是很短的随笔，能有一份连载的邀约也该心怀感激了。

这份连载开始之后才过了一年半左右，登载它的《小说新央》就停刊了，不过她的随笔存稿确定能够结集成书。因为连载时就有读者持续发来善意的反馈，社里也都公认很有趣。从每个月负责收稿的梨帆看来，风宫华子在随笔上的才华明显超越了小说，而她本人在这时应该也意识到了这一点。

不过，要出的不是通常的随笔集，而是以新书[1]的形式出版。经过组织重构后，崭新的书籍编辑部也确立了要着力于新书的方针，于是就确定了雏形。风宫华子自己都说"新书也挺帅的嘛"，显得很有干劲。跟获得连载约稿时一样，不管是什么形式，光是能继续出书就让她很开心了。随笔连载时，她没能抓住出书的机会，实质上已经是时隔四年多才出书。

在调整成新书时，在保持风宫华子原有那种嚼舌根似的恶毒感的同时，也必须强调以"正经态度"来针砭时事的部分。"既然是新书就走硬派路线吧！"她也十分赞成，并修改了好几份稿件，又配合新的出版时间，加了几篇时事主题的随笔。

连载时的大标题叫"风宫华子口无遮拦"，出书时改成了"傲气凛然"。这是风宫华子本人想到的"硬派"标题。

就这样，二〇一七年发售的新书《傲气凛然》获得了还不错的评价，从一开始就卖得很稳健。当红搞笑艺人在电台节目里介绍说"这是最近深受感动的书"之后，销量就爆炸式地

---

[1] 日本出版行业所谓的"新书"特指一种出版形式，具体为成书尺寸173mm×105mm左右，是以非虚构的社科知识或教养类内容为主的丛书。

增长起来。顷刻之间就重印，成为卖了超过四十万册的畅销书。这份成绩得到了认可，梨帆也荣获社长奖，拿了个大红包。二〇一九年，续篇《再次傲气凛然》发售；今年，也就是二〇二〇年，第三本《依然傲气凛然》发售，累计发行册数已经达到了一百万。"傲气凛然"系列成了新央出版的新书金字招牌，风宫华子现在也已经是货真价实的畅销书作家。

不过，这对她来说，对梨帆来说，真的是一件"好事"吗？说实话，谁都不知道。梨帆总是想，如果能乘坐时光机回到初次见面的碰头会上，恐怕就不会去约那篇随笔了吧。

"不过，我觉得他们现在已经骑虎难下了。社会上都把他们当危险人物看待。那帮家伙实际上就是脑子瓦特了。我以后该怎么办啊？"

午市套餐开吃之后过去了将近一小时，或许是因为发够了牢骚，风宫华子看起来心情完全好了。

"跟那个圈子的人保持一点距离怎么样？"

梨帆提出建议，风宫华子嘟囔着"说的对"，点了点头。

"跟久保田和佳奈美也算是处到头了，那就跟KEITO弟弟这种正经点的孩子搞好关系吧。"

不，包括你说的KEITO弟弟在内，全都是那个圈子的——梨帆把心里话吞了下去，只是附和了一下。

记者山冈佳奈美、政治评论家久保田利弥、YouTube主播

KEITO，今天从风宫华子嘴里冒出来的这些人，在梨帆看来全都是"那个圈子"的一丘之貉。他们这几个人，用好听点的词说是"保守论坛"，难听一点就是"发爱国财"或者"发仇恨财"的相关成员。

风宫华子原本可能就是个对保守思潮更富感性的人，在她的随笔中也有体现，比如"与其主张权利，不如先履行义务"或者"少依靠福利，多自助努力"之类的观点就写得很频繁。只不过从她的文笔中，还是能感受到一个在低迷期挣扎过十几年的作家所具备的矜持。这种严苛的观点确实是她的个人风格与人气的源泉。梨帆认为，至少第一本《傲气凛然》时的平衡感还保持得不错。

但是，当《傲气凛然》变成畅销书后，"那个圈子的人"就开始接近风宫华子了。风宫接受邀请，加入了他们的活动和对谈节目，有时也会参加学习会，被灌输了他们的历史观和思想。也说不定是她原本就拥有的某些想法被挖掘出来了，具体的就不清楚了。

总而言之，风宫和他们打成一片，组织起了保守主义论坛，开始积极地参与辩论，写的东西也逐渐变得激进。在最新出的《依然傲气凛然》中，她首先强调"我是女人，所以我最清楚"，以此来标榜自己的女性身份，接着文中到处都充满了明显蔑视外国人的描述，已经彻底是一本拉仇恨的书了。

梨帆不想再碰这种书了，在第一本《傲气凛然》面世时也没想过会变成这样，但也无法阻止。

因为书卖得很好。

第一本《傲气凛然》大卖的时候，梨帆真的是从心底里感到高兴。

当然作者风宫华子也很高兴。上市没多久就确定重印的时候，不是发邮件而是电话直接通知给她的。能听见她喊了一声"好耶！"那嗓音尖锐得像是在惨叫一样。总是故作姿态、居高临下的她，竟也直率地爆发出了喜悦之情，隔着电话也能感受到。

那是风宫华子出道以来的第十五年，但据说是她作家生涯中的首次重印。

作家是一个广泛受到憧憬的职业。曾经的"小说新央短篇奖"就有许多作品来应征，听说文化中心的小说写作课上也能聚集一批学生。

但就算得奖出道了，有不少人的作家生涯巅峰就定格在了得奖的那个瞬间。飘飘然地自以为实现了梦想的人，很快就会被泼上一盆现实的冷水。现在可是书卖不出去的时代。就算你绞尽脑汁、投入全身心去写一本新书，评价也不会如你所愿，更不要说重印了。这样的日子以年为单位持续下去，人的自尊心会被不断削减。

书店和出版社都不可能平等地对待每一个作家，这件理所当然的事如果站在作家的立场上来看，含义就变了。某本畅销书在书店里码成堆，还贴着店员满怀热心制作的手写小卡片，在被猛烈推荐；而另一旁，自己的书只有一本孤零零地竖插在架子上……不，更多的书甚至都没机会上架。被叫去参加出版社的派对，就会发现某些人身边围着成群结队的各社编辑，而自己连个打招呼的都没遇见——反复经历过好几次之后，还会觉得自己没被蔑视吗？还能忍住不自我否定吗？

梨帆自己不是作家，所以只能靠想象来推测。她觉得自己应该是做不到的，很快就会消沉下去。

可风宫华子已经这么硬撑了十几年，并且首次实现了重印。她应该觉得总算熬出头了吧。

发售三个月销量就突破十万册的时候，大家簇拥着风宫华子来了次庆功聚餐。不仅有梨帆和总编，更上面的部长和营业部的负责人也同席了。那是一家开在丸之内宫殿酒店里面的中餐馆。公司里那些一把年纪的"大人物"也一口一个老师、老师的，对她赞誉有加。

聚餐后，风宫华子约梨帆两个人单独再喝几杯，就去了日本桥的酒吧。在那里，她卷起衬衫袖口，给梨帆看了左手腕上残留的无数伤痕。梨帆总算知道了她夏天不穿短袖的理由并非为了防晒。

那天晚上，她用手指怜惜地摩挲着伤痕，这么说：

"我能活着，真是太好了。"

梨帆的想法也一样。能活着，真是太好了。能让你写书，真是太好了。

梨帆明明是为了小说才进出版社的，结果组织重构之后就此与小说无缘了。她想打起精神来搞财经类和社科新书的编辑，也总是没什么起色。私人生活里，跟丈夫的关系也开始有了摩擦。梨帆自以为已经想尽办法来补救，但始终觉得是在白费劲。

但是，终于有了回报。

让风宫华子去写随笔的是梨帆。梨帆洞察出了她的优点，两人磕磕碰碰地创作出了原稿，激发出了她的个人特色。在这个行业里工作，原来也是有意义的。就像这样，梨帆整个自我都获得了肯定。

对做书的人来说，书卖得好就是这么回事。

两个人哭得稀里哗啦，不知碰了几次杯。两人互相袒露在那群高层大叔面前压抑着的简单喜悦。说这是完美的一夜也毫不夸张——并不是少女时代那种轻飘飘的全能感，而是身为成年人，通过工作将确切的充实感攥在了手心。在梨帆心目中，那就是最棒的一天。

"再来一瓶？"

收尾的鲑鱼子饭上桌前，汽酒的瓶子已经空了。

"啊，不用了。现在是午饭嘛，之后喝水就行。"

"是啊，我也不用了。那点杯乌龙茶吧。"

"好。"

风宫华子叫来店员，点了乌龙茶。茶跟鲑鱼子饭是一起送来的，倒在新杯子里。

友江，如果时间能停在那晚上就好了——突然间，这句话涌上梨帆的喉头。话还没到嘴边，又伴着棕红的茶水一口咽了下去。

佐藤友江，这是风宫华子的本名。那天晚上，她让梨帆从今往后直呼她友江，又向梨帆展示伤痕，真是相当单纯的信赖证明。梨帆打心底里开心。

这不过是三年前的事，就已经仿佛远在天边。如果时间真的能停在那一刻就好了。故事总是会在最棒的一瞬间结束，可现实还会拖拖拉拉地上演多余的续集。

宫殿酒店的聚餐上，众人提议再以新书规格出一本续作，风宫华子与梨帆当然是兴趣十足。趁热打铁总不会错。续作是不经连载直接出书，所以并没有规定形式，允许自由书写。

在执笔过程中，风宫变了。梨帆觉得，就算只是暴露本性，也可以认为风宫华子这个作家因为出了畅销书而发生了转变。

大概是《傲气凛然》发售后过了半年左右的时候吧，突然间，风宫华子打来了一个电话。"小梨，亚马逊上有人写了很过分的话啊。"她说的是书评。梨帆当然知道《傲气凛然》有几条批判性的评价。卖得好的书会有很多人来评价，评价多了，自然就不光是好评了。

《傲气凛然》所引来的批判大多数是针对内容中的保守部

分，有人说"落后于时代"或者"大妈发牢骚"之类的，还有人把风宫华子说成"名誉男性"来鄙视她。

她书中所表达的个人意见本就不是什么四平八稳的内容，有人觉得风宫华子写得很爽快，反过来有几个看不顺眼的人再正常不过了。

本来这些人是不会接触到这本书的。因为《傲气凛然》这个标题就已经有点落后于时代的意思了。一看到标题，那些不投缘的读者就不会从书店中的无数书籍里专挑这本来买。可一旦成为热门作品，就会一摞一摞地摆在书店里，于是情况就不同了。平时不读这种书的人也会随手买一本瞧瞧是什么内容。这近乎预示着某种意外。站在卖书人的立场上，它触达了原本无法触达的群体，说明卖得好，甚至可以说是一种正面现象。

但作者往往就无法如此达观。风宫华子是尤其看不开的类型。她哭天抢地："不可饶恕！""我要让写那段话的人道歉！"连是谁写的都不知道，当然没法让评价者道歉了。如果评价里写的是与书本内容无关的诽谤中伤或者威胁，就能要求官网删除，或者动用法律措施，可那条评价也说不上有多恶劣。梨帆能做的也只是当一个让她平息怒火的沙包。

另一方面，又出现了很多支持风宫华子的人，也就是被梨帆称作"那个圈子"的保守论坛成员们。

《傲气凛然》似乎是触动了他们的心弦，于是山冈佳奈美和久保田利弥等人，也就是后来与她交好的人，在社交网络上对风官盛赞不已。在这件事的引领下，关注他们的那群"乌合之众"——俗话说的网络右翼——一窝蜂地去看《傲气凛然》，吹得天花乱坠。紧接着，平时就对网络右翼抱批判态度的所谓自由派阵营就开始痛批《傲气凛然》。围绕着《傲气凛然》的评价问题，各种侃侃谔谔的争论开始了。不，都算不上是争论，一转眼就变成了骂战。

风官华子本人是不用社交网络的——表面是这样对外宣称的，其实她有个未公开的账号，每天都会搜自己。在社交网络上观察一场当事人缺席的论战，让她能够明确地区分敌人和友军。她认识到山冈佳奈美是友军，就与他们交游亲密，同时随笔的文字中明显呈现出对视作敌人的自由派所发动的攻击。

有些人只是嘴上说得漂亮，根本就不关注现实。"就是这些厌恶日本的人搞垮了日本"——她开始换着法子地写这种主题的文章。并且，过去在她的随笔中从未出现的"国家利益"这个词也越用越多。

在梨帆看来，这已经超过了痛快针砭时弊的底线，变成了憎恶与中伤他人的内容。梨帆有时也会提点意见，有次两人差点吵起来。但风官华子会用哀求的眼神说："小梨，求你理解一下我。你是站在我这边的吧？"听到这种话，那个完美夜晚的记忆就会在脑海中复苏，她的伤痕与泪水也随之浮现。尽管心里明白一码归一码，但梨帆总是会妥协。

就这样，《再次傲气凛然》完成了，之后又出了第三作《依然傲气凛然》。二者都毁誉参半，掀起了激烈的争论，同时又卖得很好。

昔日未能成为文坛女新秀的风宫华子，转身成了保守论坛的女新秀，获得了一大批网络右翼粉丝。

公司那群高层老头都对此甚是欢迎。对出版行业的人来说，能把书卖出去就是最大的正义。

对梨帆来说当然也是这样。尽管内容让她有些膈应，但得知卖得不错还是松了口气。不管以什么形式，自己经手的书，能卖出去总比卖不出去好。

出版这门生意，是通过少数畅销书盈利来支撑整个大环境才得以成立的。只有这种书卖得好，才能让没什么销量预期但独具出版价值的书面世。想到这里，梨帆感到一阵错愕。

因为自己的思考很明显地扭曲了。做畅销书根本不需要什么借口。想着把好书带给更多读者就足够了。没法单纯地这么想，只说明了一件事实——梨帆在心底里认为她的书并没有出版价值。

不论重印几次，那完美的一夜也不会再到来，记忆也褪色了。

另一方面，风宫华子也惹上了大麻烦。因为保守论坛"那个圈子的人"起了内讧。

起因是十一月刚出结果的美国总统大选。日本的保守论坛和网络右翼里，喜欢特朗普的人很多。他们对其强硬的领袖气质和外交方针评价很高，甚至有人说他是正义的英雄。

风宫华子也不例外，很早以前起就公开支持特朗普，在《再次傲气凛然》和《依然傲气凛然》中，称赞他是"理想的领袖"，并和"那个圈子的人"一起支持剑指连任的特朗普。

但是特朗普输了。这个结果让"那个圈子的人"分裂了。简单来说，分成了承认特朗普落败和不承认的两批人。

按照不承认特朗普落败的人的说辞，存在着一个企图统治全世界的秘密势力，叫"深层政府"（Deep State）。是他们实施了大规模的舞弊，通过操控选票陷害了特朗普。怎么看这都是荒唐透顶的阴谋论，况且网上那些声称是舞弊证据的照片与信息，要么与这次选举无关，要么就是牵强附会，根本没有铁证。可不论在日本还是主战场美国，都有许多狂热的特朗普支持者对此深信不疑。

风宫华子还不至于去相信这种阴谋论。梨帆觉得她本来就不怎么喜欢特朗普这种人，在第一本《傲气凛然》里，她还把社会上那些"装腔作势的大叔"贬得一无是处。特朗普简直就是这种大叔里的世界级代表。

但特朗普很受她视作友军的"那个圈子"的青睐，又被视作敌人的自由派所讨厌，所以她才假装支持了一下吧。其实她就是故意说反话。可现在连难以置信的阴谋论都冒出来了，她也终于清醒了——当然，把这些说给本人听也只会惹恼她，所以就没说，但八九不离十吧。

然而，跟风宫华子交情很深的山冈佳奈美和久保田利弥等人是相信阴谋论的，于是龃龉发展成了情感上的对立，这也就是梨帆今天会被叫出来吃这顿午饭的原因。

作为一个局外人，看这些自称爱国者的人为了别国的总统吵成这副模样，梨帆从心底里觉得愚蠢极了。非要选一边的话，不信阴谋论的风宫华子还好一点。"骑虎难下"，梨帆觉得她说的对。

可问题并不在于对与不对，而是风宫视为友军的那群人成了敌人。因为这件事，她恐怕也会失去为数不少的读者。她出的下一本书，肯定不会卖得像以前一样好了。

风宫华子一边把甜品柚子雪酪往嘴里送，一边深深叹了口气：

"小梨，你说我……今后写些什么好啊？"

本人也感到不安了。

"友江，随便写一点你想写的东西就行了。那才是你的风格嘛。"梨帆回答。

梨帆并没有表达出今后再也不想给她做书的意思。这话说得一点情面都不带，连梨帆自己都觉得像在装傻充愣，可风宫华子却毫不讶异地点了点头：

"你说的对啊。想写的东西……我也搞不明白了，要不要充一下电呢？"

"咦？"梨帆不由得出了声。

"给自己充电啦。我也算挺努力了吧？暂时休息一阵子也不错吧？等疫情过去之后，找个悠闲的地方去旅行。小梨你也一起去吧？反正你也恢复单身了，又没什么顾虑。"

风宫华子竟说出这样的话来。

"我有工作啊。"

"有什么关系嘛。请年假呗。"

"哪有那么容易能请到。"

"欸，两个女人出去旅行，肯定很开心的。"

"是啊。"

梨帆模棱两可地应付着她，可内心一阵迟疑。

"搞不明白想写什么"，风宫华子确实是这么说的。刚才当面说了。

她本应该是个想写的东西多得快溢出来的写手。六年前，正是因为给她准备了随笔这个能够释放表达欲的场合，她才写得那么如鱼得水，她的笔从来就没有过停下来的时候。可现在……

这六年里，风宫华子作为写手的状况应该算是变好了。就算因为这次的风波减少了些读者，也比六年前多得多。如果那时没有梨帆提出建议，风宫华子这个作家现在或许已经从行业中消失了。搞不好，死了都有可能。从结果而言，尽管写出来的书早已偏离了梨帆的初衷，但风宫华子毕竟是出了畅销书的。每一个写手都梦想过当畅销作家，而她实现了。

没错。是我帮她实现的。是我这个人，让友江在作家生涯中实现了飞跃——梨帆想用这样的话来说服自己，但胸腔里面涌出一道更响的声音，将它冲得荡然无存。

——也许是我毁了风宫华子这个作家。

漫长的午后

"你换了高汤吗？"

吃饭时，丈夫突然问了一句。

"咦？"

"味噌汤啊，是不是换口味了？"

哪有什么换不换的。从好几年前起，我就不再每次都熬高汤了，只是用市面上那种带高汤的味噌冲泡一下罢了。丈夫还不知道。

"啊，我试着改了下木鱼花的用量，合你口味吗？"

总之先不去否定他的话。木鱼花也是抓多少用多少，实际上每天的味道肯定也有点变化。

"是吗，嗯，很好喝啊。"丈夫频频点头。

像他这种什么里面都要加点豆瓣酱、爱吃重口味的人，怎么可能尝得出一点点味道变化呢？

我想起在便利店见到他的那一幕。不就是因为发泄了一通之后心情舒畅了点，才觉得味道好吗？

"有今天这口味，妈也会原谅你了吧。"

我条件反射地发怵了。

原谅？为什么？为什么我还得要她来原谅？

我压制住涌上心头的情绪，挤出一个笑容。

"那就太好了。"

没错，太好了。今天丈夫心情不错。不会在吃饭时突然激昂地怒吼起来，也不会把汤碗扔到地上摔碎，真是太好了。

只要一有点不自在，丈夫就会突然发怒。有时会对饭菜的味道挑刺儿，有时甚至会把我在几年前婆婆还在世时犯的一点小疏漏（只是丈夫这么以为）搬出来旧事重提。仿佛只要能把郁愤发泄到我身上，什么理由都无所谓。

就算并没有直接施加暴力，一个身材这么魁梧的人在跟前动怒也让人浑身动弹不得。我害怕得几乎要流眼泪。一起过了多少年都没好一点。所以我非常理解那个在收银台前瑟瑟发抖的便利店员。

丈夫本就不是个平和的人。在公司里也是个严厉的上司。回想起来，我在结婚前就一直在看他的脸色。

但我觉得丈夫在以前还不至于到这步田地，不会在餐桌上毫无意义地动怒，也不会在便利店有那种恶意顾客的举动。尽管不是二十四小时监视着丈夫的一举一动，但我能断定，他前年从公司退休之后，脾气就眼见着越来越暴躁了。

"嗯，这个也很好吃。"

丈夫大口大口地吃着因为没买到蛋而改做的韭菜炒猪肉。他把菜叠在米饭上，像一小碗盖浇饭似的往嘴里扒拉。配菜刚好吃掉一半时，一碗饭已经吃完。他一言不发地把空碗朝我递过来。我说了句"好"，接过碗，去客厅旁的厨房给他盛饭。"给。"丈夫依然一言不发地接过饭碗，继续开始吃。结婚以来，这无言的传递已经不知重复过多少遍。

丈夫过了六十岁之后，食量也没有减退，跟年轻时候一样能吃。

还记得刚开始是因为他的吃相豪爽我才被吸引住的。第一次他约我去餐厅吃饭时，见到他把切成大块的牛排塞满嘴巴的样子，我心想，他原来也有可爱的一面啊。不过现在早就不这么想了。

估摸着他快吃完了，我就端出提早泡好、已经凉了一会儿的茶。丈夫咕嘟咕嘟一饮而尽，接着发了会儿呆后，就自顾自地站起身往浴室走。

一直都是半句话都没有，没有"我开饭了"，也没有"我吃饱了"，更不会等一下比自己吃得慢些的我。即便如此，我还是如释重负。因为他今天没发脾气就结束了晚餐。

在客厅与丈夫面对面吃饭的时间，是我一整天里最紧张的时刻。现在丈夫在以前公司的相关企业里当特约员工。像今天这种工作日，他会一大早慌慌张张地吃一个现成的面包就出门，中午在公司吃食堂，所以晚上只需要做一顿饭就完事了，但周六、周日每天有三段这样的时间。

丈夫泡澡的时候，我把自己剩下的饭菜吃完，然后把丈夫甩手留在餐桌上的餐具一起撤走。在更衣处准备好丈夫的睡衣和浴巾后，我就去洗衣服。丈夫一般都是在我衣服洗到一半的时候从浴室出来。身穿睡衣，脖子上挂着浴巾，今天也一样。我停下洗衣服的手，从冰箱里取出早就做好的大麦茶注入杯中，放在客厅餐桌上。丈夫取过茶杯，一口气就喝光。接着他就把浴巾胡乱一丢，离开客厅。他去的应该本是"书斋"的自用房间。屋里有丈夫打的地铺，他一向就睡在那儿。

对话少得让人叫绝。今天晚饭时多少还有了几句对话，已经算是说话比较多的日子了。

我把丈夫刚用过的还有点湿漉漉的浴巾丢进更衣室的衣物篮中，回到厨房收拾完该洗的东西，接着自己也去洗澡。丈夫泡过一轮澡的浴缸里漂浮着一小层污垢。我会用桶把它舀走之后再进去，但不想待太久。像乌鸦洗澡一样，把身体清洗过一遍就立即离开浴室。

在更衣处吹干头发，穿上睡衣后，我一般会在客厅看会儿电视放松一下。但今天我没开电视，而是把藏在二楼寝室的手机取来了。

我确认了一下放在客厅木架上那个黑盒子似的机器，这一定就是所谓的路由器吧。以前是照儿子说的签了约。家用开销的账户上，每个月都会扣除一笔网络费用。我家里应该也遍布着亚里砂在咖啡店用过的那种Wi-Fi。丈夫在书斋里放着自己的电脑，儿子回家时也经常会用自己的笔记本电脑。

我小心翼翼避开线材，将路由器翻过来，看到底面贴着一张印了些文字与数字的贴纸。有"SSID"和"PASS"，肯定就是这个。

我回想着亚里砂教的步骤，操作着手机输入密码。总共长达十六位，将交杂着毫无意义与规律的一长串字母及数字都打完，不论如何都要点时间。每打一个字，我就会回头看一眼客厅入口。丈夫在晚上进了书斋之后，不到早晨一般是不会下来的。可我还是忍不住想，万一他出现在那里该怎么办。

打完密码后，我点了画面下方的"加入"按钮。

画面一角出现了Wi-Fi的标志，好像连上了。"太好了。"我轻呼。这样一来，在家上网的时候也不用担心费用了。

我拿着手机向寝室走去。

这屋子是丈夫在结婚那年建的。一楼有客厅、厨房和浴室，二楼有三个房间，分别是寝室、丈夫的书斋和儿子离家后就保持着原样的儿童房。

我们原本是三口之家，在儿子升上小学高年级的时候，婆婆也来一起住了。公公去世之后，婆婆成了孤身一人，所以就把她接来了。刚开始，婆婆住在丈夫的书斋里。当时丈夫还正当年，周末也经常出勤，书斋用得不怎么多，所以并不是个大问题。

婆婆不是个坏人，但我觉得她是个古板的人。只要看到我在用吸尘器或者洗衣机，就必定会说上一句"现在的媳妇真是轻松"。可她的语气里倒并没有挖苦的意思，只是嘴上说说，其实帮我做了不少家务。婆婆尤其擅长做菜，跟她一起站在厨房的日子里，我也学了不少拿手菜式。我们并没有很大的摩擦，算是相对良好的婆媳关系了——直到婆婆因为中风病倒卧床为止。

我手持手机，坐在寝室的床上。这张双人床我们夫妻曾经用过，后来是婆婆用，现在又变成我一个人睡。

那时刚好是儿子考取大学离开这个家，距今六年前吧。婆婆就躺在这张床上，而我在地板上铺了被褥睡在一旁，全都是为了能随时照顾她。看护她是我的主要职责。从那时起，丈夫就开始在书斋里睡觉了。

卧床不起的婆婆，情绪逐渐变得不稳定。我准备了软熟又容易吞咽的食物喂给她吃，可她却像个小孩子一样挑三拣四。婆婆一个人没法排泄，我在寝室里准备了简易便器来帮她，可她却很反感。这想必是婆婆最后的一点自尊吧。可办不到的事就是办不到，结果是拼命憋着反而便溺在床上。处理烂摊子的当然也是我。即便如此，婆婆对我也没有一句感谢的话语。不，还记得刚开始时，我做了些什么还能听到一句"谢谢"。但这样的话越来越少。相反，"擦得太粗暴了""饭菜难吃""我就是因为你才没了自由"之类的埋怨越来越多。就结果而言，只有那些话强烈地残留在我记忆之中。

最让我难受的是听到"不想让你这种外人来照顾"这句话。说到底，对婆婆来说，我根本不是家人。我想，正是因为身体没了自由，成了卧床不起的状态，才让她吐露真言了。相比于我，婆婆似乎更希望儿子或者孙子来照看。可她的心愿几乎没能实现。

当时还在上大学的儿子在回老家的时候，会顺便见一见婆婆，陪她说几句话，也给她喂过东西。可遇到真正困难的看护场面，比如协助排便之类的，儿子一点也没帮忙的意思。而丈夫这边，面对卧床的亲生母亲，仿佛是惧怕一样，连寝室都不愿走进去。

大约两年半的时间，几乎是我一人照看婆婆的日子持续了许久，又突然宣告结束。

有一天，婆婆止不住地咳嗽，又发起高烧。我带她去医院后，就紧急住院了。大概一个月后，她就悄然断气了。

我用手机试着搜索了仍残留在记忆中的那个词语：

误吸性肺炎。

当时医生是这样下诊断的。我找到了好几个有详细解说的网站，内容大致与医生的说明一致。

据说，这是一种因为将无法顺利吞咽的食物吸入气管而引发炎症的病。因为卧床而体力低下的高龄者中，生这种病的尤其多。

"是你杀了妈。"

完全未曾参与过看护的丈夫这么指责我。

在婆婆晚年的十年左右时间里，与她相处最久的就是我了。在婆媳关系还不错的时候，我听她说了不少事。

她的老家是种红薯的农户，自从懂事以来，就在帮忙做农活儿。她连初中都没好好上过。大人只带她去看了一次电影，她在银幕上看到片冈千惠藏的时候对他一见钟情，后来一直是他的粉丝。战争开始后，为了增产粮食忙得没空睡觉。终战后，与本是远亲的公公结了婚。据说连相亲都没有，就是亲戚互相商量把婚事定了下来。结婚后怀上的第一个孩子流产了。她的公公婆婆对此责备不已。所以平安生下儿子，也就是生下我丈夫时，她真的很开心。她带儿子去城里买东西时，还偷偷买了片冈千惠藏的纪念照。她一直很珍惜那张纪念照，可在搬家时不小心弄丢了。就这样，一起做饭时，她向我讲述了九十年里经历过的历史碎片。

我输入"片冈千惠藏"搜索了一下。

找到了好几张照片，有年轻时眉目清秀的长脸照片，也有中年时忠厚又气派十足的照片，每一张都散发着"往年美男子演员"的气质。他出演的《大冈越前》和《七色唐辛子》这些片子，都是小时候爸妈在看，我就在一旁跟着看的。

如果婆婆还活着，像这样搜索照片给她看，她应该会高兴吧。

殡仪馆的人问我们有没有想放进棺材的东西时，我提议放几本旧杂志之类的，总之找几本登着片冈千惠藏照片的册子一起装进去。接着，丈夫大怒："为什么要放那种东西进去？"我解释说婆婆是他的粉丝。丈夫也只是怒喝道："我才不管，肯定是你误会了，你一点都不懂妈。"结果，棺材里什么都没装。

丈夫一定比我更不了解婆婆，但他又确实爱着婆婆，也被婆婆爱着。

反观我自己呢？

如果被问到"有没有爱过婆婆"，我答不上"是"或"否"，顶多只能说句"大概吧"，然后含糊地点点头。我也不知道有没有被她爱过。我没什么信心，因为被她用难听的话数落过了太多次，坏心眼、废物、不懂体谅、白痴——哪怕她是得了认知症，那些恐怕也是她的真心话吧。

就算是这样，在晚年时，婆婆跟我几乎是一心同体了。

我与婆婆一同入睡起床，一同吃饭。我照顾她大小便，给她擦拭身体。她一天比一天不讲道理，我却还要陪她聊天，有时什么错也没犯也要受她单方面的责备。

我每周叫护工来两次，只有婆婆入浴是我一个人不论如何都无能为力的事，这时才会让人上门帮她洗澡。丈夫自己什么都不干，还特别反感叫护工，可我也本不想借助他人之力的啊。

我试着搜索"养老院 带护工[1]"。

于是找到了各种设施和从业者的网页，点开其中一个，所有房间都是配备电视和空调的个人间，还是能应对认知症的完全介护服务。圣诞节和正月之类的活动很丰富，不仅面向入住者，还有专为家人准备的客服员。每个月的居住费是十八万日元，不便宜，但婆婆想去住的话还是能住的。

婆婆在当地的信用金库里存了大约两千五百万日元的定期储蓄，公公去世时收到的人寿保险金几乎全留着。"为了以防万一。"婆婆总这么说。而到了卧床的时候，正是用这"万一"的时候。

然而，包括婆婆自己在内，没有一个人考虑过去养老院。连最辛苦的我也一样。我一直觉得，必须一个人把力所

---

[1] 关键词中的空格表示有多个关键词，合并搜索几个关键词相关的内容，有"and"（和）的意思。——编者注

能及的事情都办了,这才是我的职责。

现在想来,那时的我身心都已经超越了极限。有好几次,在给婆婆擦屁股的时候,泪水莫名其妙地夺眶而出。为了扶起婆婆的身体,我不知屈身过多少次,腰也时常隐隐作痛。由此我起夜变得频繁,睡眠变得很浅,逐渐发展为慢性失眠。

我真的很难受,但又觉得有种充实感。用这个词不知是否恰当,但无疑是现在回想起来才能有的感怀。不过在那段痛苦的日子里,时不时有一种只能称之为充实的反馈感。当婆婆毫无怨言地把饭全吃完时;当擦拭身体后,她舒服地闭上眼睛时;当见到她没有呻吟地安然入睡时——在这些时候,我就有一种被填满了的感觉。

照料婆婆的两年半里,只能说是无比浓密的体验。

明明度过了这样一段时间,我在婆婆去世时却没感到一点哀伤,连一滴泪都没流,反倒觉得解放了,松了口气。

而丈夫不仅哀伤、慌张,甚至发起怒来。"都怪你,是你杀了妈",他对我百般责备。

葬礼上,丈夫蜷曲着魁梧的身体,趴在棺材上大声号泣,儿子也在一旁跟着哭泣。可自从婆婆卧床之后,他们俩几乎什么都没做。他们明明比我更不了解婆婆,但却比我拥有更多爱。

在弥留之际,意识早已模糊的婆婆不停呼喊着的也不是面前的我，而是自己的儿子和孙子的名字。

我用"儿媳 继承 法律"作关键词进行搜索。

果然不出所料——

婆婆那笔根本没用过的定期存款，由于没有其他拥有继承权的亲戚存在，将由丈夫全额继承。当时我对这方面并未抱有什么疑问，但反复调查之后发现，没有血缘关系的儿媳似乎是没有继承权的。

婆婆和我果然纯粹是互为他人。法律也是这么说的。

真是干得漂亮啊。因为她所留下的钱都交到了所爱的人手里，也只为所爱的人而用。

去年，婆婆去世整整三年以后，她所留下的那笔钱，救了她的孙子，也就是我的儿子。

我尝试搜索儿子的姓名。

于是找到了他的 Facebook 页面，这就是亚里砂说的社交网络吧。他传了一张以"BBQ"为标题的照片，是和大学的朋友去吃烤肉时拍的。儿子在烤肉炉前单手握着一罐啤酒，跟朋友一起露出满面笑容。从正文看，似乎是在八王子的露营地。日期是上一个周末。

自从上学时开始独自生活起，儿子回家的次数就屈指可数。我无意间了解了他的近况。上网原来还能知道这些事啊。

哪怕摘掉身为母亲的偏爱滤镜，儿子也是个很有出息的孩子。从小学起他的成绩就一直很优秀，高中还当过学生会会长，又从公认一流的大学毕业，进了公认一流的企业——也就是亚里砂曾经工作过的五来物产，应该可以说是顺风顺水了。

看着儿子笑得那么开心的照片，我不禁想：如果没有婆婆留下的那笔钱，儿子现在恐怕就不能这样笑着了。

对婆婆来说，这孩子也是引以为傲的孙子。每次知道考试或是成绩单上的结果，她都喜出望外。听说孙子考取大学的时候，还扑簌扑簌地掉了眼泪，比本人还激动。

尽管婆婆没等孙子找到工作就已经去世了，但如果知道他能去五来上班，当然也会很高兴。既然如此，自己的钱用在那孩子身上，想必不会有怨言吧。

被救的不仅是儿子，还有同为家人的丈夫。恐怕我也是。

突然间，手机振动起来。我忍不住"哇"地叫出声，把手机丢到了床上。

画面上显示出"柴崎亚里砂"这个名字，我晚了一拍才意识到是她打电话来了。在咖啡店里，亚里砂教我设定成了静音模式。如果丈夫在家时有声音响起来就麻烦了。

但这嗡嗡的振动声听起来响得有些恼人。

心脏开始加速跳动。

我回头看了背后一眼，应该还不至于响得传到房间外面去吧。

我取过手机,在床上用被子罩住头。遮蔽了灯光的被团中,屏幕上的光特别刺眼。逡巡了一瞬间后,我点击画面,又将其凑到耳边。

"多多,怎么样?手机用起来了吗?"

立即就听到了亚里砂开朗的嗓音。

"干、干什么呀?这时候打来。"

我压低声音回答。

"咦?不方便吗?我听你说晚饭之后大多是独处的,就想打个电话,看来应该没事。"

"话是这么说,可丈夫还是在家里呢。"

"你不是躲在自己的房间里吗?"

"嗯,但也有可能会被听到呀。"

"没事的吧?又不是墙壁很薄的便宜公寓。"

亚里砂若无其事地说着。她又没来过我家。

"别说得那么轻飘飘的。若是让丈夫知道我瞒着他买了部手机,还不知会被怎么说呢。我现在都是在被子里面跟你说话呢。"

"咦?多多,你躲在被子里?"

"是啊。"

"太棒啦。"她尖锐的笑声从手机听筒中传出。

"说什么呢,我可是很认真的。"

嘴上这么说,可我像是被她传染了一样,也觉得可笑起来。我到底在干什么呢?

冷静想来,尽管同在二楼,可寝室和丈夫的书斋之间只隔着一条走廊,是斜对面,中间连墙壁都没有。别说手机的振动声了,就连说话声也不可能传到对面去。

我忍不住扑哧一下,不出声地笑了。

"不管怎样,电话还是打通了。网络呢?在家里试过了吗?"

"嗯,姑且试了下。家里也有这个Wi-Fi的。"

"好极了,连上了吗?"

"算是连上了。把那串密码打进去真是够辛苦的。"

"多多,你理解起来果然很快。那你用iPhone查过什么了吗?"

"稍微查了一下。片冈千惠藏之类的。"

"咦?什么嘛,讨厌。多多,你查什么呢?买手机的第一天就查了片冈千惠藏?多多,你喜欢这样的?"

隔着电话也知道亚里砂正爆笑如雷。

"算不上喜欢。我想查什么都无所谓吧?我这儿也有各种情况的。"

"是啊。你想查什么就查什么。不过,多多果然就是与众不同啊。能用片冈千惠藏写出什么故事呢?真期待。"

"不是的,我才不是为这种事查的。再说我根本就不打算写小说。"

"是吗？唔……没事儿，你查自己感兴趣的东西就好。现在你还挺闲的吧？"

她这句话让我忍不住反驳了一句："我也不是什么闲人！"

可亚里砂不以为意地继续说：

"既然家里能用Wi-Fi，就不必在意费用，能看视频啦。不是给你装了YouTube APP嘛，那上面不管是以前的歌唱节目还是有趣的动物视频，都有很多呢。"

"等我有兴致的时候再看吧。"

我回答得很冷淡，可内心却被激起了兴趣：原来还有视频啊。又被亚里砂牵着鼻子走了。

"肯定会有兴致的。回头你就一会儿看这个一会儿查那个了。"

亚里砂说得特别直截了当，仿佛替我决定好了一切。我又不禁反驳："你怎么知道会这样？"

听筒另一边传来咯咯的轻微笑声："这个嘛，因为你是多多啊。我觉得因特网一定就是为你这样的人而存在的。"

亚里砂说了句奇妙的话，我不明白她是什么意思。

"像我这样的人，是怎样的人？"

"不是说过了吗？与众不同的人。"

这算什么回答？况且，我也不明白自己哪里与众不同了。亚里砂总是把这话像夸奖我似的挂在嘴边，可我根本高兴不起来。

莫名其妙——正当我想张嘴这么说她的时候，亚里砂抢先接着说："换言之，就是自由的人。"

就像挨了一记偷袭，我僵住了。

"多多，你比你自己所想象的更加自由哦。"

自由？我吗？

一种难以名状、如同团块的情感涌上心头。而亚里砂则对不解的我继续说："总而言之，你好像会用手机了，真是太好了。"

"啊，嗯。"我附和道。

"那就先挂啦，晚安。"

"晚安。"

我挂断电话。声音消失了。在短短一瞬间，我有一种被孤寂抚摸后背的感觉。

亚里砂真的是毫无顾忌，会自顾自地打电话来，会自顾自地说话，又自顾自地挂了电话。

在被褥遮蔽灯光的黑暗中，只有手机的画面还在微微发亮。

"自由。"

我下意识地从嘴中吐出亚里砂说的那个词汇。那种难以形容的躁动仍然残留在胸口。

我当然知道这个词在字典上的含义——不受束缚、不受支配、随心所欲，但亚里砂是在哪层含义上说我是自由的呢？我对此毫无自觉。倒不如说，亚里砂这样的人才称得上是自由的吧。

不管怎样，好不容易买到手的东西，不用就太浪费了。第二天起，只要是丈夫不在的白天，我都在摆弄手机。

看看新闻网站，有什么在意的就搜索一下，接着从维基百科的一个条目点到下一个条目，时不时去 YouTube 看看怀旧的歌唱节目和可爱的动物视频，时间一眨眼就过去了。我还战战兢兢地注册了 Twitter 和 Facebook。尽管自己不打算写什么，但要看别人写的东西，还是注册一个账号比较方便。

虽然网络世界遍布着许多令我感兴趣的知识和有趣的内容，但我也很快就明白了网上也充斥着可疑信息。尤其是那些允许不特定多数人群留下评论的网站或者社交网络，写着假消息或者煽动性言论的情况并不少。

当我在某个新闻网站浏览著名女政治家在国会上追究首相丑闻嫌疑的新闻时，见到评论写着"老太婆太拼命了，小心没命"这种话时，真的很吃惊。竟然真有写这种话的人吗？况且这绝对不是什么稀奇事。

不仅有对那位女政治家的冷嘲热讽，还有嘲笑艺人容貌的话、露骨地歧视外国人的话、贬低精神障碍患者的话，这种充满憎恶的话语在网上简直多如牛毛。

就算是针对别人的评论，我光是看到那些话语，就感到胸口被剜一样地难受。跟我在便利店见到蛮不讲理的丈夫时的感觉很相似。我的心境变得悲伤、凄惨，有时还直冒怒火。

憎恶的话语本身就是刀刃。在像我这样的新手都能轻易看到的地方写这些话，不就好比在大街上挥舞刀具吗？

尽管有此感想，我还是无法克制地去看这些能随意评论的新闻网站或是论坛。我十分在意上面又写了什么，回过神来就又看了一轮。

虽说会不时遭遇不想见到的污言秽语，但也不是每个人都净写这种话。有人会平实地写出感想，也有人会写艰深的大道理；有人自命不凡，会写些自私自利的话；有人会写让我忍俊不禁的有趣评论；还有人能写出让我茅塞顿开的犀利论点；面对刀刃一般的憎恶言论，还有毅然进行反驳的人。

与新闻报道和维基百科上登载的那些秩序井然的信息不同，网民"鲜活的声音"让我感到一种不可思议的引力。

那是我用手机一周左右的时候吧。

我发现了一个以"网络井户端会议[1]"著称的女性群体论

---

[1] 井户端会议是指日本旧时代女性在同一口井旁汲水或洗涤衣物时闲话家常，也被引申为女性交流信息的场合。

坛。有人发布一个帖子，其他人能以跟帖的形式参与讨论，内容大多是生活烦恼和杂谈类。

网站采用了水粉画风格的设计，还点缀着可爱的角色形象，家务、育儿、美容、孕期、恋爱相关的帖子发布得比较多，跟我此前看过的其他论坛在风格上相当不同。发出的帖子全都会经由管理员审核，所以不怎么会出现污言秽语或者损坏名誉的发言。

在那里，我邂逅了标题如下的帖子。

我的父亲退休了

看上去是个和父母同住的女性发的帖子。正文里写的大致内容是：本就有点不好对付的父亲在退休之后变得更加难以伺候，所以十分烦恼。那位父亲一开口就是吹嘘自己过去在公司完成了多么浩大的工作，可平日里整天都板着脸，会因为一些小事而大发雷霆。他的兴趣是在外饮食，喜欢和家人到处找餐厅去吃，可必定会在店员身上找碴儿，让对方道歉。本人会显出一副"教训到人了"的自豪神情，可和他坐在一起的家人，却坐立难安。不光是楼主（据说发布帖子的人就叫这个），连她的母亲都头疼极了。

我太吃惊了，还以为说的就是我丈夫。当然，这是别人家的事，我家又没女儿，丈夫也没有时常外食的兴趣，但仿佛是一个模子刻出来的。

这个帖子的热度很高,跟帖数也不少。看到有跟帖说"见怪不怪了",又让我大吃一惊。看来像丈夫这样的男人,在这个社会上并不少见。

也有人跟帖解释了为什么这样的男人特别多。

根据她的说法,曾在公司中有一定地位的男性,长年过着平日里就被周遭所敬重的生活,而他们在公司里发怒时,大抵是以身边的人道歉并服从而告终。尽管会因地位而异,但他们都认定了自己是应受尊敬的人。然而退休之后,就转瞬间成了个普通人。仅仅是失去头衔,变成原本的自己,就大大地伤害到了他们的自尊心。为了治愈这种心伤,他们能找到的办法就只有对人动怒,让别人道歉而已。

看着看着,我就觉得害怕起来。因为太有道理了,丈夫的内心一定也发生过同样的转变。虽说丈夫在退休后仍然以特派的形式在工作,但工作地点换了,工资也降了不少。恐怕工作内容和公司对他的器重程度都不可同日而语。退休前,他偶尔还会得意扬扬地回到家里说工作很顺利之类的话,可现在压根儿就不提了。

"我家也是这样……",看上去有类似境遇的人纷纷发来跟帖。

不只是我一个人,有一种找到了同伴的感觉。会在这种地方发帖的人,恐怕大多都比我年轻。她们写的大多是父亲或者公公的情况，但都和我一样，每时每刻都处在紧张和如坐针毡的状态之中。

此刻，我意识到了充斥网络的"鲜活声音"所拥有的引力究竟为何。

是同感。

　　只要他在，就算在家里也没法静心。
　　想办法去说服，他也不肯听。
　　让他去做心理咨询，他却暴怒，说"别把我当精神病人"。

心怀同样烦恼和痛苦的人留下的话语，让我感同身受。

这个单手握持的矩形面板的对面，还有很多与我相似的人，还能从中获得我在日常生活中几乎无法得到的共鸣。

我把这个帖子加入书签列表，第二天又进去看了看。于是发现跟帖增加了，稍微有点偏离正题的有关"男性的各种惹人厌行为"的帖子也占据了多数。

"我是处理投诉的话务员，有个大叔每天都会打来电话，纯粹只为了发牢骚""我家附近到现在都有随地小便的大叔呢""我觉得在东京坐地铁上学的女生里，没遇到过色狼的反而是少数""昨天我被丈夫打了"……

像这种跟帖不断叠加，让话题不断向外扩散，也属于

"网络井户端会议"的一部分吧。我读着这些帖子，就不住地想起亚里砂曾经常挂在嘴边的"男人没好东西"。她对我结婚辞职一事也诸多非难。当时我很不服气，可如今却对这个话题下的跟帖倍感共情。

  跟他结婚是一场失败，我决定要离婚了。

  被丈夫打的人在之后的跟帖里如此宣言道。她说现在是结婚第七年，三十多岁，还没有孩子。"加油""支持"之类的鼓励跟帖此起彼伏。连楼主也送上了声援："我也总觉得母亲应该跟父亲离婚，但愿能顺利分开。"
  我也被丈夫打过，只有一次。
  是相当早之前，还是儿子刚出生的时候。那时他的心情很差，而我没能让儿子止住哭声，被他责备了几声。我稍微回嘴一句，他就大喊着"别多嘴！"，然后打了我。当时他的怒喝声与带给我的恐惧，我依然记得。
  在我仅有的记忆中，那还是第一次被人打脸。丈夫当时就有将近一百公斤，那样的大个子，力量属实惊人。我被猛地拍飞，甚至以为脖子会折了，就那么瘫倒在地。那股冲击令我意识模糊，身体在当场就颤抖起来，一时之间都没辨认出洒在地板上的红色斑点就是自己流出的鼻血。
  这样的情形，丈夫也慌张起来。"没事吧？"他把我抱起送到寝室，又用冰袋给我的脸冷敷。对了，那时候我好像还说了句"谢谢"。明明是我被打了。

尽管这伤还不至于留后遗症，但第二天起，我的右半边脸就肿胀无比，变成了紫色。我还以为再也没法走出门了，但一个月左右就消肿，接着脸也恢复了原状。或许可以说是不幸中的万幸。

对丈夫来说，那件事似乎也成了心理阴影。在我肿着脸的时候，他的表现还算不错，后来再也没打过我。不过取而代之的是，他开始砸东西了。

如果当时我就离婚了——读着那些回帖，我不禁遐想起来：如果当时离婚了，我这漫长的午后，会不会比现在好一点呢？

至少不用做这些不合自己口味的菜式了吧？吃饭的时候，也不必紧张兮兮地提防不知何时会冒出的怒吼了吧？应该也不必为照看婆婆而搞得身心俱疲。就连用手机也不必偷偷摸摸，一定能正大光明地买来，随便在什么时候都能用。

一瞬间的美好想象又立即被打消了。

不论是饭菜、手机，还是这个家，如今围绕着我的一切，都是靠丈夫赚的钱买的。

我一个人的话，生活应该还会更困难一些。娘家开的小镇工厂，自从泡沫经济崩溃之后就没了起色，根本靠不上。儿子初中、高中、大学上的都是私立学校，这样的升学路线，我是没法为他准备的。这样他也许就进不了五来物产这样的一流企业。说不定我根本就抢不到抚养权。就算不必照看婆婆，可一想到与她共度的时间全都会归为空白，又觉得一阵寂寥。

丈夫也是有优点的。他是个很能干的人，相当可靠。在亚里砂评价为"特别好"的公司里，他都爬上了管理职位。这二十五年里，我们从来没有为钱烦恼过，被打也就那一次。我是凭自己的意志跟他结婚的。

如果离婚，到今天或许我也正在后悔。

事到如今，再纠结也没意义。事实上，就是我直到今天都从未想过离婚这件事。

——现在离也不晚啊。

隔着手机屏幕仿佛能听到亚里砂的说话声。说到这个话题，她一定会这么说吧。

——没必要跟处不来的对象维持婚姻到老死啊。中老年离婚最近也挺多的哦。

是啊，对有的人来说，这样的选择倒也不错。

可我是做不到的。

跟那样的丈夫摊牌，得到他的认可，讨论各自的养老资金分配……光是想一想就让我头晕目眩。丈夫恐怕会暴怒吧，肯定会把餐桌都掀翻的。我也不知道该怎么对儿子解释。

我是做不到的。我并不是亚里砂所说的那种自由的人。我能做到的也顶多是想一想罢了。

我失败了。跟他结婚是一场失败。

不过光是能这么想,对我来说也是很大的变化。因为我迄今为止,甚至都没有想过这是失败。我一直以为这样的事情是不该想的。我还以为这样的人生已属不错,这样的下午是我想要的。其实并不是。

只是承认这一点,似乎就让我的呼吸舒畅了一点,有一种被宽恕又被拯救的感受。

自从遇到这个帖子,我就一头扎进了网络之中,只为了追求同感。

我会每天在上述的论坛查阅感兴趣的话题。在Twitter等社交网络上,也是逛着逛着就发现了一些令我很有共鸣的推文,我关注了这些人,看她们(虽然不确切知晓,但从发言的内容和头像推测来看,大多数应该是女性)又说了些什么。社交网络不像"网络井户端会议"论坛那样有管理员审核帖子,所以充满了更强烈的话语。不小心看到有攻击性的憎恶言论,会让人心情变差,可与此同时,令我产生强烈同感的意见也确实更多了。

每一天,从完成早晨的打扫和洗涤后,一直到傍晚,包括吃午饭的时间在内,我都是单手握着手机度过的。这么长的使用时间,电量也会耗掉不少,所以去买晚餐的食材时，我会把手机接在寝室窗帘后面偷藏着的充电线上。从准备晚餐到丈夫回家吃饭、洗完澡的这段时间里，我会摆出若无其事的表情，等丈夫窝在书斋之后，才去寝室取出充完电的手机。接着，我会钻进被窝，在网上四处拾取同感，直到深夜。

昼与夜，平日里每天要花超过十二个小时上网。被亚里砂说"挺闲"的时候，我还很不服气，可我耗费在上网的时间已经相当可观。丈夫在家的周六、周日，我上网的时间会骤减到一半以下，甚至让我感到了压力。

这样的日子过去半个月左右的某一天晚上，我平躺在床上看 Twitter 时间线时，见到了这么一条推文：

> 有件事太过理所当然，大家可能很难意识到：凶恶案件的犯人大多数都是男人。如果具体到性犯罪，有 99% 都是男人。只要对方是男人就该多加戒备。毕竟我们放任这种野兽在外面乱跑呢。

这是个经常对色狼与性犯罪发表强硬意见的账号。

前半部分有点让人恍然大悟的意思，可后半部分就有点过分了。只要是男人就不分青红皂白地加以戒备，未免有点耸人听闻。

最后一句"毕竟我们放任这种野兽在外面乱跑呢"的后

面还贴了个链接。我顺势就点了一下。

那桩凶恶案件的犯人已经出狱

这样的标题跃入了我的眼帘。

似乎是个将周刊文章汇总起来进行介绍的页面。

这篇文章说,今年一月因电信转账诈骗而被捕的一个男人,其实是过去某起凶恶杀人案的犯人。

顺着文字看下去,我倒吸了一口凉气。

这起杀人案并不是很有名的案子。距今二十多年前,有个未成年的不良团体把少女监禁起来,反复实施暴行和强奸后,将她杀害,并把尸体装进混凝土中遗弃。

新闻在报道那个案子的时候,刚好是我被丈夫打肿了脸的那阵子。

记忆复苏了。或许是考虑到家中的体面,当时还住在别处的婆婆会每天来家里一次,替我去买东西。我也不想顶着那张脸出门,就只能整天看着电视,哄哄刚出生的儿子。

看的大概是个综合谈话类节目,里面用很煽情的方式描述了监禁中的被害少女被犯人们施加暴力时有多么凄惨。被丈夫打脸时的恐惧感在我脑海中重现,仿佛是我自己成了那个少女。我突然犯恶心,还去厕所呕吐了。而且……当时的我还庆幸多亏自己生的是个男孩。

因为男孩几乎不会成为那种案件的被害者。同时，我也因生下了男孩而感到恐惧，万一自己的孩子成了加害者该怎么办？毕竟这孩子的父亲已经狠狠揍了我，让我成了这副尊容。

在刚建成不久的新家里，我抱着连话都不会说的儿子，一个劲地劝解自己：没事的，肯定没事，这么可爱的孩子怎么会变成那样的人呢？

文中提到的因电信转账诈骗被捕的男人，据说在当初被捕的凶手之中也算得上是一名主犯。接受了二十年有期徒刑判决的他，在几年前服完刑期出狱了。之后，他成了诈骗团伙的一员，正要去银行提钱的时候再次被逮捕了。他压根儿没有改过自新。

我觉得他不可饶恕，应该判处他死刑。既然在案发当时就已经犯下如此残酷的罪行，就算他是未成年也该判死刑。

那条推特下面净是跟我有类似想法的人留下的评论：

这篇文章读得我毛骨悚然。让这种男人逍遥自在地活着，简直不可饶恕。想到过去被杀的女孩子，就觉得难过得不行。

竟然用税金养这种男人20年……

结果这家伙脑子里只有性和暴力啊，真的给我去死吧。

我对这一切充满了共鸣。

读得越多,怒气就愈发增幅。这种男人不可饶恕。怎么能轻饶他呢?必须更加愤怒才行。

这时的我,恐怕是越过了某种阈值。我也尝试着发表了自己的感想。我本打算只在社交网络做个旁观者,账号也设置为非公开状态,但我将它的设置改成了公开。

我照着别人依样画瓢,以对原推文发出回复的形式打下了这串文字:

> 我觉得这种人就该叫人渣,这种人死了对社会、对他人都是好事。

我打下了心中浮现的语句。我还不太习惯打字,光是打下这几个字,就花了不少时间。

在这段时间里,我的头脑稍稍冷静了一点。在发布推文之前,我重读了一遍自己写下的文字,不由得大为诧异。

人渣死了对社会、对他人都是好事——这些跟第一次看到时令我惊讶万分的憎恶言语有什么区别呢?

还算挺有礼貌的,也只针对凶恶的犯罪者。这是我的真实想法,还有许多措辞更加激烈的人。

但如果是不久之前刚开始接触网络的我,看到这样的话会怎么想呢?

我也会认为这是刀刃吗？至少我在今天的这个瞬间之前，从来没想过会对他人使用这种话语。

当时明明觉得胸口被剜割一样，不知不觉间，我自己就成了在大街上挥舞利刃的人了吗？

啊，原来如此。

直到现在我才理解，并为之愕然。

原来憎恶也是一种同感。

在因特网这个广阔的世界里，我能够捡拾到平时所处的狭小现实世界中无法发现的同感，积极也好，消极也好，而同感积蓄得越多，就越是不断增幅。

令我惊讶的"老太婆太拼命了，小心没命"这种评论跟其他憎恶言论也一样，都是因为有人会产生同感才写下的。

这种令人难以正视自己的憎恶原来也存在于我心中——

这时候，种子降临了。

故事的种子。

这种熟悉的感觉，多少年没来过了？为了给亚里砂阅读而写小说的高中时期，就曾经有过好几次吧。

这都是因我初次接触网络才发生的事。同感、对暴力的恐惧，还有憎恶，这一切都在种子之中有机地糅合起来。

如果有个不存在男人的世界会怎样？暴力会消失吗？一定会减少一些吧。但应该还会残留一些，因为女人也具备冲动的天性。

画面突然在脑海中浮现。在浏览论坛和社交网络的间隙，我时不时会看些动物的趣味视频。最近刚巧看了一只狗得到肉干之后欢喜雀跃地转圈跳舞的视频。

原本毫无关系的事物在头脑中交叠。

有一种故事即将从种子里抽枝发芽的预感。

我一跃而起。

有没有能写字的东西……对了。

我下床打开衣橱最下面一层，在照看婆婆的时候用来写备忘的笔记本和文具就收在那里面。当时准备了好几册笔记本，结果连第一册的一半都没用到。

我以床为椅，在边桌上展开没用过的笔记本，取来自动铅笔，开始书写。

男人成为狗的世界

那还称不上是故事，只是从种子里稍稍冒出的嫩芽而已。

为什么世界会变成这样？是什么时代？在未来吗？

不用归纳得很缜密，我把脑中涌现出的内容一一写下，字迹潦草得只有我自己才能读懂。

一页纸被填满了。我感觉到一种舒畅，我明白嫩芽正在伸长，接着分开成枝杈，又生出叶片来。

我稍稍围绕着整体开始思索：这个故事在之后将如何发展？该怎样开始，又该怎样结束？

刚开始就写成一出普通的家庭温情戏码吧，那样恰到好处。然后安排一个本以为是狗其实是人类男性的惊奇桥段。但光这样还到不了着陆地点。仅仅吓人一跳是不够的，要将我感受到的共鸣与憎恶融入进去。结尾有点毒性一定更有趣。

能写，这就能写成完整的故事了。我开始有了明显的手感。

咦？我记得狗的祖先是狼吧？是什么时候、以怎样的方式进化的呢？

对了，我手上不是有个好东西嘛。我取过丢在床上的手机开始搜索。夜已经这么深了，还能调查到资料，这玩意儿可真厉害。还记得高中时，必须把想查的东西全都记在便笺上，第二天去图书馆才行。

我丝毫不觉得困倦，在笔记本上疾书。清晨，当我听到窗外的鸟叫声时，从种子中抽出的芽已经长成了树——故事的骨骼完成了。

有多久没熬夜了？

透过窗帘缝隙射进来的朝阳，在床上画出一条线。

得定个标题了。我在笔记本的一角试着写下头脑中闪现的词汇——

养狗

如此写就的大纲,在下一周里,就成了五十多张四百字规格稿纸的小说。

视线在店内各处摇摆着,我啜了一口拿铁。不是奶咖,也不是咖啡欧蕾,而是拿铁。据说是用意式浓缩咖啡跟牛奶调和出来的。

时隔一个半月,我又来到了那家咖啡店,是附近车站的分店。

依然是很时髦的装潢,墙壁上挂着咖啡豆的照片。有些冷清的店堂入口处,有个女人带着小女孩坐在柜台座位上。

和上次来时一样,我又坐在殿堂深处的圆桌席旁。我面前的人也和上次一样,是亚里砂。不过她披着的夹克衫比那时的面料要薄一些,颜色也更深些,有点像是海底的深蓝色。脖子上的围巾则是夕阳似的红色。我也没穿大衣,而是衬衫加开襟毛衣。

亚里砂的视线落在了手头的那沓稿纸上。

现在这样写出了小说,就仿佛正中亚里砂下怀,也挺没劲的。但既然写出来了,总该有人读一下才行。而这个读者,我也只能想到亚里砂了。

其实是昨天晚上刚在电话里提到写了小说的事。亚里砂立即回答说："刚好明天下午有空，我来找你。"

亚里砂穿的深蓝色夹克衫与红色围巾搭起来，很像我们上的星女高中的制服与领结的配色。这令我想起放学后的教室。

我能体会到在等待她读完的这段时间里那种坐立不安的感觉。我想知道她有何反应，但又不能总盯着她的脸看，所以不由自主地让眼神在四处游走。我的这些举动也与尘封的记忆重叠起来了，就连弥漫在店内的咖啡香味，闻起来都有点像总飘着焦臭味的旧校舍。

亚里砂轻轻地叹了口气。用声音来说的话大概是"呼"。

一如既往，这是读完的信号。

我将视线转向亚里砂，她那画出漂亮弧形的杏仁瞳也向我回望过来。

"好厉害啊。很有趣，非常有意思！"

她一开口就这样说道。从她的语调和眼神就能明白，这句话表里一致，跟从前一样。如果不是真的特别有趣，她不会这么说的。亚里砂就是这样的人。

太好了。

释怀与喜悦在我胸中扩散开。

而上次见面时，我甚至还对她萌生了杀意。

"还以为会是个温馨的故事，却渐渐变成了危机四伏的感觉……先是冒出了很多疑问，读到后面就会恍然大悟。这种不走寻常路的感觉，我特别喜欢。让人会想说：原来你给我来这招儿啊。我也想过，如果那些粗野的男人都从这世界上消失，女人肯定能活得更轻松一点，也更平和一点。没想到你会这么对待男人……多多，看来你不光是与众不同了，很过激呀。"

亚里砂露出恶作剧般的眼神。

"不，这只是故事而已……"

"这是当然啦。反正是故事，过激一点有什么不好的？但还不止这一点，还有收尾的方式。'咔叽咔叽咔叽的美工刀响声'，好像真的能听到一样，我都起鸡皮疙瘩了。这个响声读起来就好像是冲着我来的一样。"

"没错。写的时候就是这个目的。"

亚里砂很精准地读取到了我的意图。

"我觉得比以前写得更好了。你真的一直都没写？"

"嗯，一点都没写过啊。"

我点头说着，连自己都觉得很不可思议。我也认为这篇《养狗》比高中时写的任何一篇作品都更出色。以前的我要稚拙得多。尽管过去也有过种子降临的感觉，但从未有过能像那样从一个核心顺畅地完成一连串情节的经历。

这三十多年来，我什么练习都没做过，却觉得小说写得很是得心应手。

"那你一定没有浪费时间。"亚里砂的声调变得柔和起来。

"没有浪费时间?"我鹦鹉学舌般地问回去。

"你想啊,小说这种东西,有点像把人生经历写下来,对吧?我不是专家,只是个人想法哦。不论好事坏事,只要体验足够丰富,那些触动到你的东西或者积攒下来的东西,不都能利用起来吗?所以啊,你从高中毕业到今天为止的几十年,一点都没浪费呀。"

亚里砂在夸奖作品的同时,也肯定了我所经历的时间——这个绵延至今的漫长午后。

我顿感胸口堵得慌,与之前隔着电话听到"自由"这个词时一样,那来历不明、如同团块的情感又涌上心头。如果掉以轻心,它恐怕已经化作眼泪从我眼中流出。我稍稍背过脸去,避免视线交会。我忍着泪应答。要尽量显得满不在乎。

"是……这样吗?"

"就是这样啊。多多,这篇写得真是好。给我一个人看就太浪费了。你等我一下。"

亚里砂带着点兴奋说着,开始用自己的手机搜索些什么。

"找到了!干脆去参赛嘛。这个奖项是不是刚好能投?"

她边说边让我看的手机屏幕上跳出了"征集作品"几个字。

是出版社的网页,上面登出了短篇新人奖的征稿要求。换算成四百字原稿纸,限八十张以内;奖金三十万日元;不限专职或业余;不限题材;截稿日写的是下一周的星期二。

确实,《养狗》满足这些征稿要求。

"参赛什么的,我……"

"好不容易写出来了,就投投看嘛。我觉得这篇作品肯定能得奖哦。"

"不可能的。我这样的外行急匆匆写出来的东西,怎么会得奖呢?"

"这么说就不对了。哪里急匆匆了?我不是说了嘛,肯定是至今以来的人生让你写出了小说。多多,你一直在做准备呢。"

又来了。亚里砂又说这些自以为很了解我的话。

但到底是为什么呢?今天的我少了些焦躁,反而有一种轻飘飘的高昂感。

"看这个。"亚里砂指着征稿要求旁的宣传语,"他们说会'全力支持能够牵引时代的新人作家'。多多,你就去拿下这个奖,当小说家吧。"

不可能,我本想再一次说出口,但在中途就止住了。我没法把眼睛从显示在屏幕上的"新人作家"四个字上移开。如果能靠写小说赚到足以生活的钱……我能离开那个家,单独生存下去吗?

这绝非易事。就算能得奖，恐怕也不可能马上靠写小说吃饱饭。就连身为全职主妇的我也知道现在的经济不景气，也在电视上听说过书卖不出去的话题，能一帆风顺的反而少见吧。

"挑战一下嘛。多多，你是自由的呀。"

亚里砂又对我说起那个莫名其妙的词语。

我抬起头，只见亚里砂的嘴角微微上翘，露出微笑，仿佛眼前有一块美味蛋糕似的。

"难得都写出来了，剩下的只有把这篇原稿寄出去了吧？这么触手可及的事，说不定就能改变人生哦。哪能不放手一搏呀？"

至于我的人生究竟会如何改变，她一点具体的都没说。但我觉得自己的心思好似都被她看透了。明明她是个根本不在乎我的女人，明明在前阵子的重逢之前都一直杳无音信，明明我从以前就很厌恶她，她却好像比任何人都更了解我。

"多多，你很有才华。你一定能成为小说家的。"亚里砂说话像三十几年前一样斩钉截铁。

那时的我为她擅自替我决定将来而愤懑不已，可今天却觉得背后被用力地推了一把。

4

"为什么……"

那个男人垂着头嘀咕道。

一个四壁都是水泥墙的粗陋房间,不锈钢桌另一边的男人背后有个大水缸。

"理由我已经说过了。"梨帆冷淡地说道。

"别说这种自作主张的话了……"他的话语透出愠怒。

自作主张?你有什么资格这么说我?

不仅是语气,梨帆能感觉到自己的心都凉透了。

她不由得把不该说的话也说出了口——

"不关你的事吧?"

那个男人——真,抬起头来。他的脸已经失去了颜色,眼里噙着泪水。梨帆注意到他背后的水缸里有条红色的鱼。鱼没有游动,而是浮在水面,肚子朝天。仔细一看,水缸里连气泵都没有,恐怕鱼是因为缺氧而死的吧。

梨帆本不想让真伤心的，但他越是露出伤心的神情，她就越想抛出更多让他伤心的话语。看到他的脸因为哀痛而扭曲的样子，她就能产生一种汗毛耸立的阴暗的快感。

你明白了吗？你所认定的正确之事并不是永远都行得通的。

"怎么不关我的事了？我们是夫妻啊！"

随着眼泪流下，真硬生生挤出了这句话。

咦？

梨帆倒吸一口气。

她这才注意到真的身后站着三个女人，其中两个是熟人——风宫华子与牧岛晴佳，梨帆曾经共事的作家与未曾共事的作家。另一个女人还没见过，但梨帆凭直觉就知道她是志村多惠。

真站起身，与三人之一的牧岛晴佳手牵手，宛如烟雾般消散不见了。风宫华子也消失了。只有志村多惠留下来。

她直勾勾地朝这边看来，仿佛在向梨帆的内心诘问。

必须给她一个答案。什么都好。

下一个瞬间，景色全变了。

二〇二一年一月一日

睁开眼，是回到现实的感觉。

模糊的视野中，焦点逐渐聚集。

梨帆身处的不再是那个粗陋的房间，而是熟悉的客厅。

桌上放着STRONG ZERO汽酒、卡门贝尔奶酪和炙烤明太子，面前的电视机上播映着行人的景象，大家都戴着口罩。

她意识到《一年又一年》节目已经开始了。

她一边喝酒一边看红白歌会，结果打了个盹儿。

零点零六分，已经是新年了。

刚才的那个算是今年的初梦吗？初梦好像是指元旦晚上做的梦吧？算了，不论如何，说是个噩梦准没错。

梨帆深深地叹了口气。

不管是不是初梦，要做梦的话，真想做个更好的梦啊。

她取过放在餐桌一角的手机，LINE[1]上已经有了好几条通知，大概是有几个人发了"新年快乐"过来吧。

梨帆依次打开消息，有学生时期的朋友发来的，也有公司同事发来的，风宫华子也发来了。

"小梨，新年快乐。多谢你前阵子听我吐苦水。希望今年是对我们彼此都更好的一年。疫情结束之后一起去旅行吧。"

前天，不，既然日期都变了，银座的午餐应该是大前天的事了。

"新年快乐。今年也请多关照。"

梨帆简单地回复之后，又发了一张女孩子在说"HAPPY NEW YEAR"的表情图。发出去的信息立刻就显示已读，对面

---

1 即时通信软件，一款社交软件，类似微信。

回了一张猫咪角色在说"新年好"的表情。

又有其他人发来的信息，是在老家的哥哥。

"新年快乐。今年出了不少乱七八糟的事，真不容易啊。老爸老妈都挺寂寞的。疫情告一段落之后就回家露个脸吧。"

稍微思索了一下，梨帆发去回信："新年快乐。乱七八糟的都是去年的事啦。不过今年肯定也会发生更多事吧。"很快又显示已读，回过来一句："真不愧是做书的，真是心细啊。"

"过阵子就回去。"梨帆再次回复，还顺便发了张表情。

然后，她再一次叹气。

如果这疫情一直持续下去就好了，这样一来，风宫华子的旅行也好，回老家也好，都能借着疫情的理由推延下去了。

梨帆在脑中数着数，弯折手指。

一、二、三，已经三年了，距今刚巧三年前的二〇一八年元旦，梨帆跟梦中出现的真离婚了。

原因是许多方面的不合，性格、想法，还有价值观。

出入最大的恐怕是关于孩子的事。真想要孩子，梨帆不想要。不，刚结婚时梨帆也想过总有一天会要孩子的，但这一天总也不来，过了三十岁也没来。

她觉得还太早了，总有一种还需要做点准备的感觉。但究竟要准备什么、如何准备，就很难用语言来表述了。连她自己也不太明白。

所以她惯用工作为由来推脱。那也绝非谎言。新央出版姑且也是有产假和育儿假制度的。上学时就听朋友说,相比其他行业,出版社已经算是女性产后回归职场的环境比较完善的了。真也说过会尽可能地参与到育儿中来。

但不论能利用多少制度优势,不论丈夫有多么配合,只要一生产,就避免不了长期脱离职场。生育后短期内,也必定把大量时间分配到育儿上去。

一想到这些事,就怎么都把握不了真正适当的时机。

可真却不理解这件事。

"符合你一切愿望的时机肯定是等不来的。等着等着,你的岁数就上去了。女性的身体毫无疑问是有个适合怀孕的时期的。一般来说,就是十五到二十五岁左右,生物学上就是这么设计的。过了二十五岁,每过一年,各种各样的风险就会变高。超过三十五岁的首次生产,在制度上也会被划入必须警告的高龄生产。当然,人各有各的情况,也不是说高龄生产就全都不好,但肯定是越早生越好。"——他说的话大致都是这种意思。

他说的恐怕是对的。可是……

梨帆有一种抵触心理。

生孩子的可是我啊,那肯定得优先考虑到我的情况才对吧?

梦中见到的争论场景,在现实中也曾发生过。

梨帆继续屈指数数,一、二、三、四,婚姻生活持续了大约四年。

真比梨帆大五岁，也是在出版社上班的编辑，所以姑且能说两人是同行。但他的单位银杏舍是家专出儿童书籍的出版社，两人在工作上几乎没有交集。

　　邂逅的契机是应朋友邀请去了单身人士聚餐，也就是所谓的联谊会。两人对书和电影的兴趣一致，于是聊得很热络。在欢饮的时候，他不忘仔细地关注四周，勤快地撤掉空杯。换地方喝第二轮的路上，他不动声色地走在靠车道那边，这也让梨帆产生了好感。他就是这种很体贴的人。他的老家在东京郊外，父亲在信用金库工作。他身上散发出的气质，很像是梨帆大学时期遇到的内部生。放在内部生团体中，也算是最文雅的那一类了。

　　自然而然，两人确定了关系，交往也很顺利。七年前的圣诞夜，梨帆心想着会不会被求婚，还真的被求婚了。她做好了心理准备，觉得如果是和这个人，一定能共度今后的人生。和各自的父母与兄弟姐妹间的关系也很好……直到因为生不生孩子而起争执为止。

　　想尽快要孩子的真与不想太快生的梨帆，关系日渐恶化。

　　"那结婚还有什么意义？"

　　真说出这句话的时候，不知已经是第几次争吵了。梨帆立即反问："结婚的意义就是生孩子吗？"

　　真深深地蹙眉。

　　"我可没这么说。但我们不是带着这种愿望结婚的嘛。"

他说的没错。尽管没有约定也没有合同,但两人聊过总有一天会要个孩子。孩子出生之后就买房,让孩子学游泳,去上最近很火的蒙氏教育[1]培训班可能也不错——两人确实聊过这些。

但这一天没有到来,仅此而已。至少对梨帆来说是这样。

想要孩子的不单单是真。真的家人自不用说,就连梨帆的家人也全都站在真的那一边。

"梨帆,你别老是这么任性,快让我见见外孙的脸嘛。"

母亲如此向梨帆恳求。但要说孙辈的话,当时已经有了,继承家中酒庄的兄长生了对相差一岁的兄妹。当时这两个孩子在上幼儿园,现在都是小学生了。梨帆的父母对孙子、孙女很是疼爱,但问题的关键似乎并不在此。

"船到桥头自然直说的就是这个啊,你生了就知道有多好。"

父亲开始讲大道理,明明又不是他自己生孩子。

"你知不知道,这世上有很多想生还怀不上的人呢。你是不是傻啊?不知道怎么生,我来教你呗。"

梨帆还被哥哥愚弄了,外加恶心得要命的性骚扰。

"就是有些奇怪的夫妻不想要孩子,也挺好的嘛。小梨,你

---

[1] 蒙氏教育是以意大利的女性教育家玛丽亚·蒙台梭利(Maria Montessori, 1870—1952)的名字命名的一种教育方法。出自《运用于儿童之家的科学教育方法》一书。

跟我这种混日子的不一样,你是有学历的,在东京拼事业多开心啊。"

老家唯一看似理解梨帆的人是嫂子,但也只是"看似"而已。因为她的表情和语调中都夹杂着轻蔑,还把不想要孩子的说成是"奇怪的夫妻"。

梨帆的朋友、同事、工作上有交情的作家之中,在梨帆婚后来问"孩子呢?"的也不在少数。

这种话听得越多,梨帆就越觉得是在责备自己总也不生孩子,像是被催促着。梨帆受够了。

有一任厚生劳动省[1]大臣曾经因把女性比作"生育机器"而引发轩然大波,这件事发生在梨帆上大学时,整个社会几乎都对其高举批判大旗。可为什么和真结婚之后,四面八方传来的声音都是让人去当生育机器呢?也许大家都会说"我不是这个意思",但在梨帆听来就是这回事。

绝对不会让这些人得逞的——梨帆刚结婚时还以为自己迟早会想要的,但不知不觉间,已经不再想要了。

反复经历过几次不愿再回想的争吵后,提出离婚的是真。梨帆并没有反对。梨帆心里很明白,已经无法挽救了。

老家的父母勃然大怒,喊着"哪有这么胡闹的离婚",结果是大吵一架。离婚手续办完后,就像社会上许多家庭琐事那样,

---

[1] 厚生劳动省是日本负责医疗卫生和社会保障的主要部门。

也没有像样的和解，留下些许尴尬，这件事就不了了之了。

即便如此，梨帆觉得从形式上来说还算是好聚好散。双方都各有工作，住的房是租的，并没有什么可称作共同财产的东西。况且也没生孩子，所以并没有什么纠纷。在政厅办完手续，做好搬家准备，就一拍两散了。唯独麻烦的是，梨帆得去把银行账户和保险更改一下户头，就是这么干脆的离婚。

梨帆站起身，向卫生间走去。

因为喝了酒又小睡了会儿，嘴里有点黏糊糊的。用漱口水漱漱嘴巴，嘴里有种火辣辣的麻痹感，也许是长了一半的口腔溃疡。

隐约有点尿意，梨帆从桌上拿起手机进了厕所。

坐在马桶上，用一直握在手里的手机打开邮箱，发现这边也收到了好几封新年邮件，大多是订阅的邮件杂志或是用这个邮箱注册的购物网站发来的。

上完厕所之后，她也没站起来，目光仍留在屏幕上。水还在流，运动裤和内裤半脱着。只有在无人窥探的厕所中才能定格成这副模样。

如果——

脑中浮现出假设的场景。

如果我接受了生孩子这件事……

在新央出版退出小说市场时，梨帆也曾想过，如果做不了小说相关的工作，还不如干脆辞职。那时候或许正是生孩子的绝佳时机。她多少有些存款，就算靠真一个人的收入，生活开销也不发愁。暂时辞职来做所谓的备孕，这种选择是相当可行的。

如果当时那么做，现在会是怎样的情形呢？

应该不会孤身一人迎接如此冷清的新年吧。风宫华子的责编应该会交接给另外一个人，或许《傲气凛然》也不会面世了。至少梨帆不会和她有所联系，也不会因为毁了风宫华子而怀有罪恶感了吧。过度呼吸也是离婚之后才发病的。

也许从各方面都会比现在好一点。

梨帆搜索了一下刚才出现在梦中的女人的姓名。

牧岛晴佳

快停手吧，搜了只会更加郁闷啊——头脑深处有个冷静的自己在发出警告，但梨帆的手指还是自然地动了起来。

搜到了她的博客"晴佳每一日"，页面顶部横幅是一张猫咪穿行在幻想风格城市夜景中的插画。跟她的出道作《夜与月之王国》封面上用的是同一张图。

梨帆只经手过面向成年人的书籍，与身为儿童文学作家的她既没有共事过，也从没见过面。恐怕今后也不会有交集。但梨帆把她从出道作开始的所有作品都读了。

起因就是真。还记得是刚开始交往的时候，"出现了一个特别厉害的写手，有空看看吧"，他说着，递来一本《夜与月之王国》。那是当年度银杏舍新人奖的获奖作品，而真当上了这位新人作家的责任编辑。

这本书讲的是在一个濒临毁灭的王国中，一对失散的猫咪兄妹为寻找彼此而踏上旅途的冒险故事。故事很简短，只有成年向小说的一半左右，一转眼就读完了，但内容很深奥。两只主角猫咪和它们所处的环境，毫无疑问是对现实的某种隐喻：把夜晚比作巧克力、把天空比作汽水的幽默感，与平易近人却又藏着好几重深层含义的角色台词相得益彰。在描写严苛现实的同时，又有力地肯定了人活着的意义，这样的终章让男女老少都能愉快地翻完最后一页。

确实很厉害。如果自己在小时候遇到了这样的故事，一定会翻来覆去读无数遍，然后把书架最好的位置留给这一册。

在那之后，牧岛晴佳也以一年一册左右的步调在银杏舍持续发表作品。真以编辑的身份参与了她所有作品，而且每一部都与《夜与月之王国》同样出色。她的作品与少儿小说有些迥异，是带点古典风格的儿童文学作品，不仅面向儿童这个主要读者群，也具有让成年人加以推敲的深度。

两个多月前发行的新作《银船载你前行》，将其称作"目前为止最高杰作"的呼声也很高，好评已经跨越了儿童文学的固有框架，在报纸和周刊的书评中也有所介绍。年底时，它入围大型文学奖。结果很快就会在一月下旬发表。

在梨帆看来，这结果并不意外。牧岛晴佳所写的小说，都会永远留在读者心中最重要的位置。一旦面世就必定会"被人发现"，并且超越世代，在漫长的时间中不断被重读。她具备的就是这种"优点"。从读到她的出道作时，梨帆就明白了。

真希望有朝一日能和她并肩打造一部作品，她就是梨帆理想中的写手。

同为编辑的真能够见证这样的写手出道，让梨帆羡慕不已。而作为恋人——结婚后作为妻子——梨帆也为他能够从事这种工作而倍感自豪。

梨帆在遇到志村多惠的《养狗》时，脑海的一隅也曾有过"或许这个人就是我的牧岛晴佳"的想法。

尽管牧岛晴佳开设了博客，但公开的资料很少，肖像照也是不公开的。

根据有限的信息，她比梨帆只大一岁，出生于茨城县，是梨帆所在的栃木县的邻县。据说牧岛高中也是上了当地的女校，大学读的是梨帆也参加过考试的国立大学。而她博客上列举出的"受过影响的作品"，不论小说、电影、漫画，全都是梨帆喜欢的。

在还没离婚的时候，梨帆也曾问过真："牧岛是个怎样的人？""有没有照片？""打不打算写普通向的小说？"

真以"妻子是你的粉丝"为由向牧岛晴佳本人征得许可后，给梨帆看了照片，还说她暂时只会专注在儿童文学上。

照片像是开会过程中拍下的，她的面容很漂亮，有点浓的眉毛、乌黑眼珠和单眼皮、大了点但又薄薄的嘴唇，脸的每个部位似乎都彰显着强烈的意志，也就是所谓的"男颜"。从普遍的基准来看，也许并不能说是美女或者可爱。但有不少女孩都希望生来能有这样的脸。她就是这样一张"漂亮的脸"。

啊，她一定就是我想成为的人。

在邻近的地方出生，几乎同年代。大概是在相似的环境中，看着相同的作品长大的。但她考进了梨帆落榜的国立大学，并凭借着梨帆因为缺乏才能而早早放弃的创作道路崭露头角，还拥有梨帆想要的容貌。

这是一种憧憬。不是羡慕，也不是嫉妒，这是发现一颗属于自己的明星时，所流露出的纯粹憧憬。至少在当时是这样的。

牧岛晴佳还在当时刚发售的新书上写了"赠梨帆"的专属签名，经由真转赠到梨帆的手中。

梨帆高兴得忘乎所以，还写了一封附带读后感、热情过头的长信以表谢意，托付真转交给她。之后并没有回信，这场有真夹在中间的交流短短一个来回就结束了。

那时的她不知有何感想呢？

"晴佳每一日"的首页上并没有卡着跨年时间点发布的内容，只有一篇文章在几小时前发布，日期是十二月三十一日。

标题是"感谢大家一整年来的关照"，内容大致是对遭遇"新冠"疫情的这一年表达各种忧虑，同时又鼓励了一下读者。

娓娓道来的文体，柔和又易读。视线追随文字游走的时候，梨帆的心头浮现出那天见到的肖像照，拥有那张"漂亮的脸"，能写出这么漂亮的文章，也算是顺理成章吧。

毕竟是同一个人写的，文笔理所当然地有点像她的小说。可她的小说中，每个自然句还会更短些，用名词结句的地方比较多，关联词比较少，句尾富有节奏。跟博客上的文章一比较，就能明白她在写小说时是为小说的语言风格作推敲，并且字斟句酌的。

真厉害啊。

每次读她写的东西都禁不住感叹，真的好厉害。像这样细腻的遣词造句，梨帆是做不到的，不管怎么训练也不可能做到。

梨帆在离婚之后仍旧是牧岛晴佳的忠实读者，几乎没有因为前夫是编辑而感到有什么别扭。

直到今年——不，应该是去年了——二月，正当谁都没法预料"新冠"疫情会演变得如此严重的时候，牧岛在这个博客上发布了一篇标题为"报告"的文章。

文章里写的是她在前一年结婚，并生了一对双胞胎的事情。

梨帆和众多读者一样，都是通过这篇文章才得知牧岛晴佳结婚生子的消息的。

原来牧岛也结婚了啊——梨帆如此想着，正要把它当成与自己毫无干系的事情放到一边时，突然瞥到对结婚对象的描述是"出道以来一直支持我创作的人"，不由得大惊。

这说的是真吗？

文中既没写姓名，也没说是编辑。或许还有其他支持她的人呢？但这种表述让梨帆觉得是责任编辑的可能性不低。

离婚后，梨帆给前夫真发的第一条消息就是为了确认"这上面写的是不是你"。回复很快就来了。

真与梨帆分手一阵子之后，就与牧岛晴佳开始交往，很快她就怀孕了，于是也趁此机会结婚了。真还为未曾联络道歉了。"原来是这样。恭喜你。谢谢你告诉我。"梨帆写了简短的回复，可没有发送就删了。之后对方也没主动联系过她，直到今天两人都没任何互动。

手机屏幕上映出的十二月三十一日博客文章结尾，牧岛提到了入围文学奖，在表明会以平常心等待结果之后，用这样一句话结束了全文：

能与心爱的家人们迎来新的一年，我满心感恩。

心爱的家人们。不必多说，一定是真和他们俩生的孩子吧。

牧岛晴佳把梨帆撒手放开的一切纳入了掌中。

梨帆向上追溯着时间阅读她的博客，发现好几条让人在意的表述。比如二〇一四年，梨帆和真结婚不久后，就"遇到了一件让我消沉的事"；之后也有"讨厌执着于本该放弃之事的自己"之类的；二〇一八年，梨帆刚离婚后，就有"有件事不知该不该期待一下""想让公事、私事都更充实"等。

文中并没有体现出具体是什么事,也能理解成是与创作相关的事。但有没有可能写的是真呢?她会不会一直都喜欢着真呢?

梨帆无从知晓真相,也无法去印证。

牧岛这个人,被梨帆当作"我想成为的人"而无限憧憬的女人,甚至连梨帆接受不了的生育都接受了。不,也许对她来说,都不曾有过"接受"的意识吧。她一定是主动希望的,并把它当成了创作的动力。

牧岛晴佳的新作《银船载你前行》,从时间上来看,大概是从刚怀孕时开始执笔,生产后写完的。尽管因为真的存在,让梨帆心情有些复杂,但既然是她的新书,怎么能忍住不看呢?

接着,梨帆被冲击得体无完肤。

用"感动"二字已经无法表达,梨帆的心被深深撼动了。读之前和读之后所见的世界甚至都变了——就是如此难忘的阅读体验。尽管牧岛已经写过许多出色的作品,但这次恍若是脱胎换骨了。

好几篇书评都提到她生孩子可能给创作带来了积极影响。当然全都是臆测,可梨帆觉得一定是这样。《银船载你前行》是一部蕴藏着怜惜生命之"韧劲"的作品。

梨帆无法抑制地去比较,拿自己和她去比较,拿自己的工作和她与前夫所成就的事业相比较。

风宫华子最新作《依然傲气凛然》的出版时期与《银船载你前行》几乎是同一时间点。

从销量来看，《依然傲气凛然》初版就印了二十万本，占压倒性优势；尽管《银船载你前行》很受关注，印数能超一万本就很好了。小说的单行本，况且是儿童文学的单行本，差不多就是这个数。就算入围奖项后有了些突破，也不过是极少数"读书发烧友"之间的话题而已。

然而，在十年后，留下来的一定是《银船载你前行》。也许这本书会变成廉价版或者文库版重新出版，又或者成为儿童文学中的杰作，以单行本的形式一直卖下去。不夸张地说，会在历史上留名的。它就是这样一部作品。

至于《依然傲气凛然》能不能坚持一年都难说。刚出版的时候卖得很火，但过不久就会戛然而止。而且会大量进入二手书店或者二手网站，压根儿不会有之后出新版本的机会。况且，看过就忘的读者也不在少数。这正是所谓的快销书，跟牧岛晴佳的作品处于两个极端。

都是做生意，卖得好才最重要。快销书有什么不好的？书是利润很低的商品。如果没有畅销书，出版社的经营都无法成立。从更高视角看，想让牧岛晴佳那样的作家持续发表作品，还得靠风宫华子这样的作家来支撑业界。再说了，书的价值因人而异，拿儿童文学的单行本跟随笔集相比也没意义——这种"正确的论点"不论在脑海里倒腾多少遍，也忍不住去比较。

别管是不是生意，业界怎么样，作为一个人，作为葛城梨帆来比较的话，哪本书更好是不言而喻的。

直到今天，梨帆都觉得最初的《傲气凛然》是本好书。它是在与真离婚前没多久发行的，夫妻关系在当时就有了明显的裂痕。不知道真有没有看过书，但他以前在读到登在《小说新央》上的凤宫华子随笔时也称赞说："有意思。让她写随笔真是找对人了。这份工作干得好啊。"

当《傲气凛然》成为畅销书时，仿佛成了梨帆的一张"免罪符"——既然我工作有这么显著的成果，真就不该抱怨。错的是急着让我生孩子的真。

然而正如历史给出的证明，"免罪符"逐渐堕落了。

他看过吗？《再次傲气凛然》和《依然傲气凛然》，这个从先锋派走向拉仇恨的系列，他还在看吗？

他跟牧岛晴佳说过吗？做这本书的编辑是前妻，她可是不惜拒绝生孩子都要做这种书，你敢信吗？

但至少据梨帆所知，他并不是会说这种话的人。光是想一下就毛骨悚然。譬如想象一下现在，他们俩其乐融融地哄着膝上的孩子入睡，同时又嘲笑着梨帆的景象。

"啊啊！"

梨帆不由自主地叫出了声，随之而来的是止不住的呼吸。

糟糕。

过度呼吸开始了。

伴随着心悸，胸口又堵住了。

没关系。没关系。

手头没有棉质毛巾，她用双手捂住嘴巴，安抚着自己。她尝试静下心来，让呼吸缓缓停下来。

她垂着眼睛恰巧看到了运动裤脱了一半、袒露在外的大腿。自己这样子真是蠢到家了。

在这个瞬间，头脑里响起一个声音：

　　你是自由的。

是《漫长的午后》中出现的对话内容，是亚里砂对"我"说的话，同时这也是作品向读者反复强调的话。

情感爆发了。

可恶啊，开什么玩笑！

我在干什么啊！

做了个噩梦，明知会郁闷还去看什么博客，想象最差的情景，连过度呼吸都发病了，而且还是在厕所里裸着下半身呢。为什么我非得沦落到这副惨状啊！

梨帆将双手从嘴边松开，拍了拍自己的脸颊。

这身体是我自己的吧？为什么要擅自搞什么过度呼吸啊？！

梨帆维持着亢奋的心情，试图向外吐气。

过度呼吸的特点就是越强行去制止就越止不住，尽量保持冷静才能更顺利地应对。可梨帆现在想的是"去他妈的"——

"为什么我还得安抚自己的身体啊？我想做什么，就做什么啊！"

她再次拍打脸颊。

拼命咬紧牙关，从喉咙深处把空气挤出去。

于是，吐气成功了。

能感到胸口稍稍透了一口气。

再来一次，拍打脸颊后吐气。能吐出去。胸口的堵塞逐渐被疏通。

拍打，吐气；然后吸气；暂停呼吸……过度呼吸成功停止了。现在不拍脸也能呼气了。

"哈哈，不是能行嘛。"梨帆忍不住笑了出来，因为自己成功制服了过度呼吸。

梨帆站起身，拉上内裤，穿好裤子，冲出厕所，向寝室走去，一把抓过桌上的《漫长的午后》原稿——她已经不知道重读过多少遍了。

终于下定了决心。

她把一直都未能打出的电话号码输入手机。

要好好回应志村多惠，要证实她的意志，做自己该做的事。

如果她辞职去生了孩子，这份原稿或许就不会送到梨帆手中了。

如果这世上存在所谓的命运，指的一定就是这个。

梨帆头脑一热按下拨号按钮之后，才回过神来。

这个时间给人打电话？

糟糕！怎么办？要挂掉吗？可现在挂的话，就真的成骚扰电话了。不，可是——在犹犹豫豫的时候，呼叫声已经响起。只响了一下就中断，接着传来了人声。

"喂？"

明明已经过了七年，梨帆的耳朵还记得那嗓音，细小轻柔，是志村多惠的声音。

接通了。是自己打的电话，话却堵在喉咙。

"啊，呃……对不起。那个……在这时候突然给您……"

梨帆脑海里一片空白，还没自报家门就先道歉了。

"葛城小姐？"

对方问了过来。

"是的。我是新央出版的葛城。"

"哇。"志村多惠的说话声升了个调，"新年快乐。"

没见过面却能感到她在微笑。她的嗓音中依旧情绪丰富，与七年前没什么两样。

"啊，啊啊，是。新年快乐。"

梨帆被她带着说了句吉利话，而听筒另一边传来了呵呵笑似的气息声。

"我寄过去的原稿，您已经读过了吧？"

"是的，我拜读过了。"

"怎么样呢？"

"非常好。我觉得能遇到这样的作品真是太好了。"

还有许许多多想说的话，可说出口的话语追不上心中所想。

"真的吗？啊，太好了！"

志村多惠的语调变得更高了，简直像个少女一样，能听出她是真的很高兴。

梨帆有一瞬间不知所措，但又立即转念一想，这也是人之常情啊。

想到别人会如何看待自己所写的东西，任谁都会忐忑不安。更别提她在七年前还因为《养狗》错过了大奖。

类似那件事始末的情节在《漫长的午后》中也有所描写，与退休后的丈夫过着窒息般日常生活的"我"，因为偷偷购买了手机而接触到更广阔的世界，将从网络中获得的共情与憎恶升华成了作品，并向文学奖投稿。连《养狗》这个标题都是一样的。如果当时能够获奖，志村多惠的人生一定已经与今天大不相同。

梨帆想起不经意间听到风宫华子对自己说"我能活着，真是太好了"时的表情。不论现在如何，也无法否定那个夜晚就是完美的一夜。

决定让风宫华子写随笔、决定结婚、决定不生孩子、决定离婚，这些选择也许都没有带来预想中的结果，但不也是在每一个场合下做出的最切实抉择吗？

而现在，梨帆手持《漫长的午后》原稿，正在与志村多惠对话。

——这回一定轮到我了。

——要在她问我有什么来意之前，自己先展示出来。展示出自己的意志，就在现在。

梨帆开口了：

"那个……志村女士，还记得吗？您以前参加了我们的新人奖，确认进最终选拔的时候，您在电话里说想要成为小说家。"

"是啊，我是说过那样的话。"

随着轻轻的叹息传来的是一句干脆的回答。

"那时候，我说了些让您过分期待的话，真是太对不起了。但您能像这样再写作品寄来，我真的很开心。我也希望您能成为小说家。可以的话，我想尽力帮助您。"

"我也是抱着这样的想法把原稿寄出去的。"

这话语声恰如此时此刻志村多惠就站在面前，坦率地注视着梨帆说出口的……

漫长的午后

从电车走到站台上,我就被一股蒸腾的热浪所包裹,能感到背后一点点渗出汗来。

温度破纪录的炎夏已过,日历上已经是秋天了,但这严酷的残夏仍在继续。我用手机看了眼时间,十二点二十五分。说好十二点半在检票口见面的,来得刚刚好。有了这方便的机器之后,我不再戴手表了。

自从能通过这台手机在日常生活中接触各种信息,正如亚里砂所说,世界仿佛变得更宽广了。但也正因此,我更清楚地了解到了自己是多么无知。

学生时期看的时尚杂志早就停刊了,网络购物成了理所当然的事,买纸质票据坐车的人反而成了少数派,以非正规雇佣形式工作的年轻人多得惊人,一万日元的大衣不再是"便宜货"而是"正常价格"……每一件事单独来说都没什么大不了的,但许多件事重叠起来,就足以让我体会到整个世界在不知不觉间发生过多少变化,几乎可以说是成了另一个世界。

而这种体会也一点点夺走了我的自信。

我一鼓作气写了小说，甚至还去应征了奖项。但随着时间流逝，我渐渐觉得自己根本不可能得奖，心里打起了退堂鼓。

因为整个世界都在瞬息万变的时候，我却一直都封闭在家里啊。我是个结婚之后就没去外面工作过，也不学些什么，整天浑浑噩噩的乏味之人。这么乏味的我写出来的东西能有什么意思？虽然亚里砂夸奖我、鼓励我，但那一定是因为她是我朋友。

肯定没戏，我开始这么想。

然而……

走上阶梯，穿过通道，走出检票口，就见到了早来一步的亚里砂。她说着"嗨"举起一只手。"嗯。"我也举起单手回应她。

很久没来这个终点站了，也很久没与亚里砂见面了。

亚里砂身穿白色T恤，披着米色薄外套。或许是纤维很特别，T恤的面料是有光泽的，白得耀眼。

"是不是太夸张了？"

听到我的话，亚里砂笑了。

"夸张点有什么不好嘛。既然有好事，就该夸张地开心一场。"

"可还没确定呢。"

"就算没确定也要庆祝。你在三百零九篇里面,留存到了最后六篇,不是吗?能从那么多篇里被选出来,就真的很厉害啦。"

我认定自己肯定不行,一心打算连应征这件事都忘了。可没想到来了一通电话,说我写的《养狗》留到了那个奖项的最终选拔,电话还是大约一小时前刚接到的。

难以置信,我甚至以为是恶作剧电话。但知道我应征奖项这件事的只有亚里砂,而电话里传出的声音与亚里砂截然不同。看来我的作品真的来到了距离获奖一步之遥的地方。

打电话来的女人像是出版社的职员,说下个月初有最终选拔会,出了结果还会再打电话来。她还说了类似"如果得奖,希望我能以出道为前提写新作品"的话。听到这些的时候,我的大脑就兀自发热起来。说不定,我真的能成为小说家。如果可以的话,我真的想。

打完电话后,我稍稍冷静了一下头脑,才想到既然买了手机,就不该在应征原稿的信息栏写家里的电话号码。万一接听的是丈夫就麻烦了。

她说出了结果还会再打电话来。要不然我再打回去,告诉她我的手机号码吧?可这样做会不会被当成是个麻烦的人呢?会不会不利于选拔呢?是不是想太多了呢?我也搞不清。仔细一想,就算丈夫在家时有电话响起来,只要我在,丈夫就不会去接。或许在丈夫的观念之中,接电话也属于家务，是我的职责。那么，只要当天我在家就没问题了。没错，要换个思路。

接着，我给亚里砂打了个电话。

告诉她我留到了最终选拔之后，亚里砂发出一声尖叫。高中时，我们俩聊着天，她也会每每尖叫起来，就像黄色中穿插着一点粉红色那样鲜亮的尖叫声。她像是自己得奖一样快活地说："我待会儿有空，这就去找你。一起吃顿午饭吧。庆祝一下！"

于是，我又照例在亚里砂的催促下来到了这个终点站会合。

"就算是庆祝……也只不过是吃顿午饭罢了，做到这个程度不会很奇怪吗？"

"才不奇怪呢。这不单单是吃午饭，而是庆祝嘛。这可是大日子，怎么也得化个妆吧？"

"是这样吗？"

"就是这样啊。多多，你的脸还是化了妆好看，那就更该化了。这样打理一下，先自己祝贺一下自己吧。"

亚里砂率先去的地方，就是上次就带我去过的化妆品卖场。和上次一样，请美容柜员给我化了妆。

接着我们走出购物大楼，走向站前大路通往的大酒店。那是这一带最高级的酒店了，开在里面的餐厅也净是高级餐厅。我们在其中一家意大利餐厅吃了午餐。带甜品的午市意面套餐，再加香槟，每人四千日元。亚里砂说挺实惠的。可对午饭经常用前一天的剩饭剩菜打发一下的我来说，已经非常贵了。

也许是一分钱一分货，又或者是因为我心情很振奋，点的海胆奶油意面也好，香槟也好，前菜的生火腿与奶酪也好，每一样都格外美味。

还是太夸张了吧，又不是得奖了——我时不时会清醒过来。听到我说这种话，亚里砂就连连说："这有什么关系？庆祝一下嘛。"

"多多，你一定能得奖的。因为《养狗》特别优秀啊。你比那些职业小说家写得还好。所以你成为小说家是顺理成章的。只要能出书，不就能拿版税了嘛。说不定一转眼就比我赚得还多啦。这样一来就不必总是被关在那个屋子里了。"

如果是在刚重逢的时候听到这种话，我不是目瞪口呆就是会发火。

"说什么梦话呢？首先，我不是被关着的。外出和买东西都是自由自在。而且，我是凭自己的意志和丈夫结婚并住在那间屋子里的！"发起火来大概就像这样吧。但今天的我已经不会再燃起这种怒火。

"是啊。"

在香槟的微醺之下，我自然地点了点头。

如果我能得奖并成为小说家，届时或许就能踏出离婚这一步。或许能和那个家族断绝关系，离开那个家。我一定要出去。

"我说，多多啊，我们应该活不到一百岁吧？"吃完饭，为了醒酒而喝起咖啡的亚里砂突然问道。

"什么意思？"

"虽说日本女人是全世界最长寿的，平均寿命也只有八十六七岁。那大部分人不到一百岁就死了吧？"

"应该是吧。"

亚里砂，你知道吗？前不久与你重逢的时候，我可是打算去死的。而且还想把你杀了陪葬呢——如果把这件事坦白出来，亚里砂一定也会大惊失色吧。

"换句话说，我们的路都已经过半了。很好笑吧？在教室里闲聊的时候，想过自己有一天会变成五十岁吗？"

我摇摇头："没想过，怎么想得到呢？"

那时的我，就连不久之后即将成年的模样都无法想象。

"对吧？不过，就算不去想象，只要时间一过，岁数就会自己上去。虽然不知还有几年——该怎么说呢——好不容易来世上走一遭，不觉得应该让人生有个完满的结尾吗？"

"完满……"

我小声把亚里砂的话语重复了一遍。人生并不是某一天自行终止，而是总有一天要达成完满。打比方的话，就像故事一样。

我能感到自己的嘴角翘起。

"亚里砂，你说的话真是与众不同啊。"这句话脱口而出。

同时我也明白了，亚里砂说我与众不同时，原来是这种感觉啊。是像这样怀着温暖与亲昵说给我听的吗？想必从高中时起就没变过。

"讨厌，竟然被多多你这么说了。"

亚里砂爆发出响亮的笑声，简直就像敲响了一口钟。

"多多，今天要挺起胸膛回家哦。听见了吗？多多，挺起胸膛。"

分别时，亚里砂拍打着自己的胸口，对我如此说道。

这句话像咒语一样在我周身回响。

我已经彻底换了心情。我一定能得奖。我能成为小说家。我残余的一半人生，就要靠这个来达成完满。

走在车站回家的归路上，我犹如轻盈地飘浮在半空中前进。司空见惯的小镇景色也变得更鲜明了，甚至连嘈杂的人群和来往车辆的引擎声听起来都有些悦耳。跟买手机的那天一样，不，仿佛是施加了比那天更强的魔法。

我回家之后也没卸妆。因为完全忘记准备晚饭了，就给附近唯一一家能送外卖的寿司店打了个电话。

两人份的上等握寿司送来后不久，丈夫就回家了。

走进客厅的丈夫一看到我的脸就眉头紧皱。

"你这脸是怎么回事？"暗藏险恶的低沉嗓音，仿佛在审问什么坏事一样。

一瞬间，我的身子都蜷缩了。曾经遭受暴打的记忆在脑海中复苏。

但那句咒语立即将其击退了。

——挺起胸膛。

"我化妆了，合适吗？"我不太费劲就用冷静的语调说了出来。

丈夫像是略微有点诧异，接着又不悦地哼哼了一声："不合适。一把年纪了，真是没个样子。"

有一股胃被揪紧的感觉。如果是平常，我应该已经折服了，或许已经说着"对啊，真丢人"慌忙去卫生间卸妆了。但也许是多亏了魔法，我感到被揪紧的胃又很快膨胀开来了。

——你觉得不合适也无所谓啊。反正亚里砂和化妆品卖场的美容柜员都说很合适呢。这是我为我自己准备的贺礼。

"遇到了一件好事。今天就放我一马吧。"我轻松、干脆地说出了口。

看来丈夫已经注意到桌上摆着装寿司的木桶了。

"你点寿司了吗？"

"是啊,你不也很喜欢吗?"

"啊,是啊……还行吧。"

丈夫的表情和语调中都呈现出狐疑之色。

"喂,你说遇到好事了,是什么事啊?"

"我呀,写小说了。"

"小说?"

"没错,而且还去参赛了。结果啊,我的作品进那个奖的最终候选名单了,是从几百篇里面选了六篇的其中之一。说是下个月初就会出结果了。"

我一口气说完了。

丈夫眨了好几次眼睛,表情像是吃到头一次见的古怪食物一样,眉间的皱纹都堆在了一起。

"什么玩意儿,小说?"

"是啊。"

"你真的写了那种玩意儿,还拿出去应征了?"

"真的啊,我骗你有什么用?"

"你自说自话地干什么呢?"

丈夫的说话声又变得严峻。

我差点条件反射地说出"对不起",在紧要关头,又是那句咒语帮了我。

——挺起胸膛。

没错,我根本没做什么必须道歉的事情。

"我写篇小说又有什么关系？"

丈夫的表情凝固了，眼睛瞪得老大。

他很惊讶，恐怕是没想过我会还嘴吧。丈夫的眼睛又马上眯了起来——不妙，怒气积攒起来了，这是怒吼着摔东西的前兆。

我仰视着丈夫，用分外爽朗的嗓音抢先开口了：

"还以为你会陪我一起高兴一下呢……我们不是夫妻吗？"

"啊？呃……是啊……"

丈夫像是一下子丢了气势，嘴里只吐出些不成言语的声响。接着嘴巴再度一张一合，大失所望地说："无聊。就是你的一点兴趣呗？奖也不是真的得了吧？难不成你现在还能当小说家吗？"

能当啊。我得了这个奖之后，就会成为小说家。然后离开这个家——我把这些话语藏在喉咙深处，笑着说："是啊。但这又没关系。我心里高兴就庆祝一下。难得点了就一起吃寿司吧。"

丈夫带着点不满，却又泄气般一声叹息后，点点头。

"算了，点都点了，有什么办法？"

真厉害，我控制住了这个人，自己都有点佩服自己。

丈夫并不是心情变好了。听到我在写小说，而且留到了最终候选后，他正恼火着呢。这种情绪直白地传递了过来。

两人吃寿司的时候,他自始至终都像在生闷气。只要稍微有一点触动,登时发起怒来也不奇怪。这种不悦的气息始终萦绕在他周身。

但我并没有感到平时那种窒息。比起迎合丈夫喜好而做的菜,外卖寿司的味道更好。尽管稍微有些紧张,但他想发火就发火吧,我已经有了将错就错的心理准备。反倒是因为驳倒了丈夫而觉得很是痛快。

果然是施加了魔法。

回想刚买手机的那天,魔法在几小时后就解开了,可这第二次的魔法却持续了相当久。从翌日起,我都一直过得很畅快。

那天开始,我会化一些不张扬的妆,晚饭的调味也不再偏袒丈夫的口味,而是按照自己的喜好来。丈夫抱怨说"味道太淡",我也只是笑着说"摄取太多盐分不好,都是为了你的身体"之类的话。于是丈夫只能说句"是吗"就此作罢。

原来这么简单的一句话就能奏效啊。

在丈夫发火之前,只要笑着说一句让他寻思的话,就能把怒气抽走。该说是气氛合宜还是时机恰当呢?总有一瞬间能大挫丈夫的肝火。

我已经能准确地看穿那一瞬间。

这或许是一种歪打正着。因为长年以来,我都在窥探丈夫的脸色。不知不觉间,我只从眼神到表情、姿态的细微变化,就能洞察出丈夫都不自知的情感波动。

——挺起胸膛。

我无数次在脑子里复述亚里砂的咒语。不必卑躬屈膝,也不必担惊受怕。只要算准时机,堂堂正正地笑出来就行了。

另一边,丈夫的困惑感开始与日俱增。

丈夫是一个通过播撒怒火来控制周遭的人,他的老一套被封锁之后,想必大为失态。很快,在与我面对面的餐桌上,他都开始显得有些不自在了。

才过一个星期,丈夫就开始用带着几分胆怯的眼神看我,就好像至今以来的立场都互换了。我大出了一口气。随着郁愤的消散,我甚至开始觉得丈夫有些可爱。

就算是这样,我也不觉得能和这种丈夫一直过下去。我每天会花费一半的时间想象成为小说家后,与丈夫分手后的情景。

我要租个小公寓,一个人生活。不光是丈夫,跟儿子也要断绝关系。也要把婆婆的事忘了。让他们全都不存在。我只是我,任凭我喜好地写小说过活,自由自在,这样我的人生才能获得完满。

事后回望,这是多么愚蠢的空想啊。

我太过于沾沾自喜了。因为这对我来说，是自结婚以来第一次"被认可"的体验。这不是丈夫的事业，也不是儿子的成绩，而是我以我的实力写出的小说被认可了。光是这样就一口气越过数级，让我觉得自己的整个存在都获得了肯定。我还以为接下来的一切都会如我所愿。

简直不知好歹到了可笑的程度。我只是进入了最终候选而已，自己也应该明白啊。

那通让我浑身魔法解除的电话，是在晚饭吃到一半，我在客厅和丈夫面对面坐在餐桌旁时打来的。

我照着自己的口味，准备了清淡的八宝菜、腌菜、海藻沙拉。丈夫一言不发地把每一样都淋满酱油才吃，连一句"我开动了"也不说，只是一个劲地往嘴里送。这两天，他吃起饭来比过去又更急躁了些，仿佛这样就能早一刻结束与我共进晚餐的时间。

很粗暴，却又让人觉得精神可嘉，实在是愉快。这段让人无比厌恶的时间反倒成了我的期待。直到那电话铃声响起。不，铃声响起的时候，魔法还依然施加在身。

来了！我心想。那一天就是之前就收到过通知的最终选拔会的日子。

对方说过电话会在出了结果后打来，大概是夜里或是傍晚。我从一大早开始就坐不住了。

我轻快地直起腰，接过放在餐桌上的无绳电话子机。

"喂！"

视野的边缘能见到丈夫惊讶地抬头望来。

"晚上来电，打扰了。"

是之前打电话来的那个女人。

"最终选拔会刚刚结束了……"

我能听见心脏怦怦直跳的声响，感觉到鲜血涌上头顶，脸上火辣辣的。

即将到来的未来景象在我脑海中奔腾翻滚——成为小说家，与家人断绝关系，独自生活。

接下来的一句话让我冷彻心扉。

"很遗憾，您并没有获奖。"

我倒吸一口凉气。

在我的头脑理解这句话的含义前，身体已经做出了反应。背后冷汗直冒，还能感觉到整个胃里都有胃液喷涌，这也像汗一样冰冷。胃、肺、心脏，还有其他一切脏器，都仿佛蜷缩成了一小团，在缓缓冻结。

"很遗憾，您并没有获奖。"

也就是说，落选了。

对方还说了一些鼓励的话语，但我几乎都没听进去。

落选了，落选了，落选了……

"是……是……那辛苦您了。"

我勉强地附和了几句，就挂了电话。

"怎么了？"丈夫讶异地问，"谁死了吗？"

这时我一定是脸色铁青的。

"没什么，说是不行。"

说的时候我根本没看丈夫。我就像一台回答问题的机器，或许连正在回答这件事都没意识到，只是把头脑所认识到的事实说出口而已。

"什么不行啊？"

"奖啊。"

"姜？喂，说什么呢？"丈夫的说话声急躁起来。

"奖，小说的奖，说是最终选拔没过。"

屁股上有触感，我发觉自己边回答边坐回了椅子上。就像牵线人偶一样，不知是谁从哪里在操纵我的身体，控制我说话与活动。

"啊，原来是奖啊。就是你应征的那个奖吗？"

看来丈夫终于理解了，能听出他的嗓音都变得更高亢响亮了。

"是嘛是嘛。怎么？落选了吗？哈哈。"丈夫笑了，看来是打从心底高兴，听着又像是松了口气，"这也是意料之中呀。你这样的人怎么可能得奖嘛。"

我迷迷糊糊地看了丈夫一眼。他双颊高隆，喜形于色。

"怎么了，还泪汪汪的，不像样。"

听他这么说，我才意识到自己的泪腺松开了。

丈夫故作夸张地叹了口气。

"我说你啊，犯什么蠢呢？还不至于要哭吧？你写的小作文本来就不可能得奖的。你难道以为自己能得吗？对了，你说进了最终候选？不知道是不是这个电话里说的，怪不得一副陶醉的样子……哈，原来你是一直在误会自己能得奖啊。真是不知羞耻，这下知道自己几斤几两了吧？那种事啊，就是瞎猫碰到死耗子了。"

丈夫简直像变了个人似的，喋喋不休起来。

我写的是小说，不是作文！就算成果不大，高兴一下有什么好羞耻的？我几斤几两轮得到你来说吗？——我想把脑中浮现的反驳话语说出口，但嘴唇、喉咙、声带，都动得无比缓慢。

当我终于把嘴半张开的时候，丈夫已经说出下一句话："听着，吃过这次的教训，就别做这种自作主张的事了，再也别写无聊的小作文了。反正你也不可能有什么才华的。"

这是让我别写小说吗？为什么非得是你来决定？你又怎么知道我没才华？

我的嘴唇颤抖个不停，嘴巴还是不听我的使唤。

啊，可或许他说的也没错。

因为亚里砂是我的朋友，只是把我捧太高了。我没有什么与众不同的，只是个平凡的……不，连平凡都算不上，是个毫无可取之处的女人。一个人根本活不下去。依靠丈夫赚的钱，过上普普通通的生活，是我的最好选择。所以，我该干的事情就是心怀感激地照顾丈夫起居，养育继承他血脉的儿子。

见我什么话也不说，丈夫就垂着眼角，挤出哄人的肉麻嗓音："听着，我这么说也是为了你好。就算你写得很起劲，到最后也只能出去丢脸，落得很惨的下场。"

为了你好——和那时是一样的。那时候，他也是这么说的，类似这种肉麻的甜言蜜语。那是距今二十五年前的一个夜晚，两人吃完饭后，我被他强行带去了酒店。

"喂，怎么不答应？"

丈夫的说话声变低沉了。定睛一看，他的表情也变得险峻起来。

"还想出去丢人现眼吗？"

记忆中的景象与面前丈夫的脸重叠在一起，重返脑海。

相比现在的丈夫，他要年轻得多，还只是我的上司。那天晚上，他也用了"丢脸"这个词。

"你对我有意思吧？今天就是为我而来的吧？两个人在那么好的店里吃饭，不就是这么回事吗？跟我交往对你也有好处啊。都来这儿了，你该不会想让我丢脸吧？"

我已经记不清自己回答了什么。我满足了丈夫的希望，和他做爱了。我不知道拒绝男人的性需求都会让他蒙羞。

和那时一样，我只是不知道。原来写小说和投了一个根本没得到的奖项也是耻辱。

"喂！"丈夫加重语气。

"是，知道了。"我点头回答。

"行啊，知道就好。"

丈夫的声音又变得柔和起来。我抬起视线，只见他摆出了一个笑嘻嘻的表情。看到这表情，我才放下心，长舒了一口气。

是啊，没错。这样就够好了。

我的小说一定跟那些拙劣的作文没两样。我怎么就会错意了呢？得奖，成为小说家，离开这个家，简直是天方夜谭，丢人现眼。

还是别写什么小说了，这样就足够了。

"是我小题大做了。"

我接着吃饭，已经不再有眼泪流出。

之后就与往常一样，吃晚饭之后洗衣服，在丈夫之后洗澡，然后回寝室。没有心情去取窗帘后正在充电的手机，可又无法立即入睡，我只能开着灯，侧躺在床上。

在买手机、开始写小说之前，我漫长的午后就一直像这样持续下去。今天也不过是其中的一天罢了。

这样就好。

我望着熟悉的天花板上那泛着灰的白，想个不停。

我是幸福的，在这家里的生活也没什么不自由的。

那个晚上，二十五年前的那个晚上，我没有拒绝他，没拒绝丈夫真是太好了。没让他丢脸真是太好了。他的行为很粗野，让我又怕又疼痛。我一直在哭。但他用魁梧的身体抱紧哭泣的我，一遍又一遍地说着"喜欢"。原来如此，这个人原来喜欢我啊。是因为喜欢才做了这种事吗？我是被喜欢着的，我是被爱着的。只要这么想，我就能接受整件事了。

在那之后，他只要晚上有空就会把我喊出去。就算我已经提前有约，他也会命令我拒绝，我只能遵从他。不久之后，我怀上了儿子。当我告知他我怀孕了时，他露出了显而易见的狼狈神色，甚至还说出"真是我的孩子吗"这种话。肯定很惶恐不安吧。我也一样。冷静一想，当时根本没好好做避孕，有了孩子也一点都不奇怪。

看他的那副模样，我心想恐怕会是堕胎的结局。生理期没来，去妇产科检查后才刚发现，还属于妊娠初期，所以我尚没有腹中孕育着新生命的实感。如果他说要打掉的话，我也打算照做。

但他却说"我也是男人，我要负起责任，结婚吧"。我哭了，比第一次同床时流了更多的泪。我很开心。果然，我是被爱着的。

于是他就成了我的丈夫。

是啊，这个家里不也是有爱的吗？

丈夫为了守护家人拼了命地工作，还建起了房子。我们过上了堪称富足的生活。

儿子成长得健康又聪明,他善于社交,朋友也很多,从一流大学毕业,进了一流企业工作。

丈夫那边的亲戚都很温和地照应我们。婆婆的遗产还间接地救了儿子。

满是爱意,不愁金钱,这生活还有哪里该让我不满呢?为什么我会认为这段婚姻是场失败呢?更别说离婚和离开这个家了,真是愚钝至极。

一定是亚里砂在作怪。与她重逢之后,就从某些地方开始失控了。我在她的怂恿下买了手机,开始上网,又写了小说。可这全都是在浪费时间。

不做这些事,我也很幸福啊。

不知不觉,我开始心悸,扑通、扑通,仿佛整个身体都成了心脏,在沉沉地跳动。耳朵深处的心跳声吵得受不了。我无法呼吸,胸口好像堵住了一样难受,视野变得歪歪扭扭。

还是死吧。

我太过幸福,已经心生厌倦了。

回到与亚里砂重逢之前吧。还是让这漫长的午后结束吧,就这么办吧。

这样才是最好的。

就当我下定决心时,又听到了振动声。几乎被心跳声完全盖过的微弱声音,却又切实地响着,是手机在振动。

啊啊,真是的!为什么?

会打来电话的只有一个人。我怎么没有干脆把电源关了呢?

我不理它,它就振个不停。没一会儿,我就开始担心会不会被丈夫注意到。我忍不下去,下床从窗帘后面取出手机,屏幕上果然显示着亚里砂的名字。我回到床上,如同往常一样用被子盖住脑袋,接了电话。于是传来了她的声音。

"啊,多多?"

"嗯。"

"这么久都不接,还以为你出什么事了呢。"

"嗯。"

我用一样的支支吾吾回应她。接着是一小段沉默。

"怎么了?"亚里砂询问的语调略带些拘谨。

"奖,落选了。"

简短的回答之后又是沉默。这一次的沉默很长。也许只有几秒钟,但在我的体感上长达几分钟。

"……这样啊。真遗憾啊。是选拔委员没眼光。不过你能留到最终一轮就够厉害了。你说是不是?下一回肯定能得奖的。不是还能直接带稿子去出版社自荐吗?也可以尝试一下呀。多多,你肯定能当小说家的。"

啊,这女人怎么还在说?这过了头的乐天简直惹我发笑。

"当不了的,因为我再也不写小说了。"

"这也太可惜了。多多,你是有才华的。你很与众不同,是自由的……"

"不对!"我大喊一声,盖过了亚里砂的话。

"什么不对?"

亚里砂问了过来,我压低嗓音,声嘶力竭地回答:

"什么都不对。我根本没有才华,没什么与众不同,也不自由,只是个平平凡凡、毫无可取之处的家庭主妇。但这就够了。我在这个家里很幸福。"

"这么说才不对呢,根本就是骗人啊。"

"不是骗人,是真的!"

"既然这样,你为什么想寻死呢?跟我久别重逢的那一天,你是打算去车站跳轨吧?"

我倒吸一口气。

她为什么会知道?我明明没说过这件事。

"听我说,多多,你不是因为太过幸福而厌倦了,而是因为必须强迫自己相信幸福才厌倦活着的啊。"

为什么你连这种事都知道?这种仿佛身体里里外外都被透视的感觉让我直犯恶心。

"别说了!跟你没关系吧!"

我再次大声喊出来。亚里砂似乎还在辩解着什么,但我已经把手机移开耳畔,挂断了电话,接着连电源也关了。画面的光亮消失了,黑暗再度造访被窝之中,只有我自己呼呼的气息声在回响。

这样就好。

该把手机处理掉了。世界也根本不必变得更宽广。我不会再和亚里砂联系,也不会再写小说了。

我把蜷曲着的身体蜷得更小,就像自己抱紧自己一样。

"咚"的一声响。

是寝室的门被敲响的声音。

我顿时紧张起来,是声音传到房间外面了吗?怎么办?

我战战兢兢地从被窝里探出头。长明灯还亮着,寝室一如往常。门依然紧闭着。

我半个身子坐起来,紧盯着门,并没有要打开的迹象。

如果是丈夫,肯定等不了我的回应,直接就闯进来了。

是听错了?

一定是的。再说他又不会敲门。我幻听了吧。

在我轻抚胸口时,又听到了敲门声。比刚才那声更清楚,正是从此刻我视线投向的房门处传来的。

不是幻听。

我咽了一口唾沫,回了句"来了"。

"多多?"

从门那边传来的是亚里砂的声音。这不是幻听,也没有听错。与刚才通电话时听到的是同一个人的嗓音。

一刹那，我陷入了混乱。

怎么可能呢？为什么亚里砂在这个时间会出现在我家里？我又没告诉她住址。

"多多，你在的吧？我进来啦。"

门缓缓打开。我瞠目结舌地看着。

亚里砂果真在那里，身上穿着的像是厚浴袍。她背过手把门关上了。

她这模样，我有印象。那一次是一日来回的温泉旅行，是从那时去的旅馆租借来的浴袍。泡完温泉之后，我们俩就穿着它在休息区放松。

仔细一看，亚里砂的容貌和体态，都与二十岁的那一天没什么两样。

原来如此，这是我的记忆啊。也就是说，我是在做梦。在裹着被子抱紧身体的时候，我大概是睡着了吧。

"多多，我担心你，所以来了。"

亚里砂走进了房间。

知道这是梦，就觉得有点可笑。

"谢谢你。"

坦率地说出来了。因为这是梦。"多谢你担心我。"

亚里砂来到床边，坐在我边上。

"真是张大床啊。"

"嗯,不过一直都只有我一个人睡。"

"这么宽,挺好的呀。你也不想和那种男人一起睡吧?"

"也是。"

那种男人——这个亚里砂也知晓一切真相,所以我没有逞强,只能够承认。

亚里砂开始缓缓脱下浴袍。

如果是现实中,想必我已经吓了一跳,但现在的我理所当然般地欣赏这一幕。

自从她现身的那一刻起,我就想见见她的裸体了。说不定从重逢的一刻起,就一直在想。我想再见一回曾经只见过一次的,那个漂亮的亚里砂露出腹肌的样子。

既然这是我做的梦,我的愿望当然会实现。

很快,浴袍掉落在地板上,亚里砂展露出全裸的身体。啊,果然很漂亮。就像把柴崎亚里砂这个人的内心具现出来一样,她的腹肌上,纹路清晰可见。

我还想再摸摸看。

明明没有出声,亚里砂却扬起嘴角回答说:"可以呀。"

对啊,这是梦,所以心中所想全都能传达给她。

"只不过,多多也要裸着面对我才行。"

我有点困惑。就算是在梦中,我也不想把自己五十岁的裸体给二十岁的亚里砂看。

"那时候我们不也这么做了吗?"

是啊。在温泉里，我们俩坦诚相见了。我低下头，看了看自己的手。皮肤很明显地有着光泽和弹力。莫非我的身体也回到了那时候吗？一定是这样。既然如此，就答应她吧。

我点着头脱下睡衣，里面没穿内衣。尚有弹性的乳房、紧致的腰身，我的身体果然变回去了，回到了那时候。

"多多，你的脖子真漂亮啊。"

亚里砂的身子靠过来，伸出手触碰我的脖颈。她的指尖缓缓从我的喉头移向锁骨，沿着肩线往下滑。

"像这样脱掉了，就更能看出你的脖子到肩膀都是流畅的一条线呢。"

亚里砂的腹肌也很美妙啊。

我从下伸出手，用手掌触碰她的腹肌，甚至连一根根纤维的强韧都能分明地传入掌心。

不知是谁先动的，我们俩倒下，在床上依偎着身体。我的脖颈之外，她的腹肌之外，两人都像是在互相确认其他身体部位的存在一样，触摸着彼此身体的每个角落。

不可思议的感觉。

在旁人眼中看来，会不会像是在爱抚呢？确实涌上一股官能上的热浪，但这股热浪中并没有激起性兴奋的色情意味，是一种更静谧柔和的安心。没错，触碰彼此身体带来的是一种容许我此刻存在于此处的安心感。

不一会儿，亚里砂将手绕到背后，将我抱住，像包裹我一样，身体紧密贴合着我。我能强烈感受到亚里砂肉体的存在。

"多多，你不要死。"

亚里砂的话语和喘息晃动着我的鼓膜。

但太难受了。

明明是梦中，但也正因是梦中，我坦率地说了出来——"我一点都不幸福。我纯粹只觉得活着好难受。"

"那又不是多多你的错。"

"是这样吗？这可是我选择的啊。和他一起生活、生下那个儿子、被一直关在这个家里，全都是我的选择。"

"不，完全不对。你什么都没选，只是在暴力下被迫选择。"

嗯，嗯。我把脸贴在亚里砂的胸口，连连点头。亚里砂说了我自己绝对说不出口的话。

"从一开始就是这样，没错的。你是被那个男人强奸了，结果导致你怀上了孩子。你根本不想给侵犯自己的男人生孩子。你根本不想跟那种男人成为家人。但你被迫选择了。那时你误以为是爱、是责任的事物，全都只是牵强附会罢了。"

亚里砂每说一句话，胸口就上下微动。我紧贴在她胸口的脸颊能够感觉到她的心跳和声带的振动。

啊，多么让人释怀的梦啊。亚里砂都替我说出来了，说出了封印在我内心最深处的思绪，说出了我自己很难承认，但总希望有人能宽恕的真心话。

"多多，你已经很努力了。你也爱过那个孩子吧？"

那个孩子，我的儿子。

"即便是被强奸后怀上的孩子，你也爱着他呢。"

"嗯，嗯。"我又点头。

是啊，我爱他。说那孩子是我的一切都不过分。

"正因为是那个男人的孩子，你才不希望他变成那个男人的样子。你想着把他培养成正直的成年人。直到现在，你也爱着那个孩子吧？"

即便是在这种梦里，一想到儿子的事就无法保持冷静。

那孩子仍稚嫩幼小的样子在脑中来来回回闪现。

上幼儿园的第一天，因为不想离开妈妈而抱住我腿的那孩子；母亲节时在纸上画满我的脸的那孩子；小升初考试合格发表的那天，满面笑容扑进我怀里的那孩子；就职那年的母亲节，用第一笔工资给我买了项链的那孩子。

我一心想着他和丈夫不同，能成长为一个出色的大人。

但这些洋溢着爱意的回忆，在最后的最后被黑墨所覆盖。那孩子正笑着吃寿司，吃着从小就喜欢的星鳗寿司和玉子烧，还有小时候不敢碰的加了芥末的大腩金枪鱼寿司，吃得很香。一口一口地往嘴里送。丈夫也在旁边。他们两个人都露出祥和的表情。虽说儿子的脸更小些，也更清秀些，但两人的容貌很相似。啊，果然是父子啊。

"但你没法饶恕那孩子吧?就像那个男人一样,不,甚至超过他。"

藏在比我心中封印更深处的想法,都被亚里砂说出来了。

即便如此,我还是点了头。

"多多,那也是当然的。因为那孩子就是做了不可饶恕的事情。"

"可是,可是啊,亚里砂,培养那孩子的是我啊。

"本想好好教育他,我却在各方面草草了事。因为他成绩好就放心了,从未主动问过他学校里的事和交友的事。我本该多与他交流一下的。是啊,从他小时候就是这样。每天只是带他去公园玩一次,之后就一直任他看电视。还是小宝宝的时候,我因为没有母乳,就总给他喝奶粉。也许就是我的这些疏忽大意,让那孩子走上了歪路。"

"怎么可能呢?你好好把他养大了。你做的已经足够了,不,甚至超越了'足够'。因为你把那个男人本应背负的也全都背在身上了。仅仅因为你是他的母亲。仅仅因为这个理由,你就孤身一人一直背负至今。你的后悔就是证据。"

"可母亲不就是这样的吗……"

"不对,其实多多你应该早就明白了。那孩子已经老大不小了,那孩子的所作所为应该由他自己来负起责任。你无法饶恕他也是理所当然的。"

那孩子的所作所为，与丈夫做的同一件事。不，他做的事比丈夫更残酷……

"我有件事想和爸爸妈妈商量一下。"

那孩子说了这句话，周末回到老家来，还是去年十月的事。

他在电话里说的，我和丈夫都在家，还心想可能是来要点钱花。因为那孩子也知道婆婆的钱没怎么动过，全留下来了。

我想他可能要辆车。

如果是这样，反正过年也要回家，为什么不挑那时候呢？说不定是找了女朋友，想在圣诞节或者正月里开新车出去兜风。孩子在五来上班，稍微贵一点的车靠车贷也能买得起，不过知道家里有这么一大笔钱，一定会想占点便宜吧。钱用在那孩子身上，婆婆肯定会高兴的，估计丈夫也不会反对——我还曾安逸地想象过这样的情况。

实际上，那孩子找我们商量的事，也不能说不是要钱，但那是从未曾想到的一件事。

那个周末，孩子不是一个人回来，身旁还跟着一个微胖的男人。年纪估摸三十多岁，粗眉毛、圆眼睛，容貌斯文。散发着布偶般柔和气质的他，用与对他印象相符的柔和语调自称是个律师。

我莫名其妙地和丈夫一起在客厅与他俩面对面坐下。

"其实,令郎现在面对被人起诉的状况。"

律师抛出了话题。在他进行解释的过程中,儿子一直像不服似的,面向一侧一言不发。

是三个女孩要起诉儿子。三个人都是女大学生,告的内容都一样:在联谊会上结识了儿子,两人一起去卡拉OK包房,在里面发生了性行为,但并没有获得女方的同意,也就是声称被强奸了。

律师补充解释了好几遍,说"只是对方这么主张而已",儿子也在律师说明完一通之后这么说:

"是误会。我被她们坑了。她们都没表示过反感。只是常有的一夜情。联谊会之后不都是这回事嘛。对方也是为了找乐子来的啊。"

我当时的心情很难用言语描述。我确实很想相信儿子,也很希望全都如儿子所说,是被她们坑害了,是被威胁的被害者。

但我就是没法这么想,太恶心了。

对方三人都是女大学生。想必儿子跟大学生之间的联谊活动很频繁。从儿子的语气判断,不难想象,除了这三人之外,还有许多发生过关系的女性。进公司第二年的儿子,跟她们的年纪相差不大,但立场截然不同。那些还没出社会的二十岁左右的女生,对于在一流企业工作的儿子来说,一定很容易控制。想要达成他所说的"一夜情"应该也很容易。

我明白有一些女性确实是想和有地位的男性攀上关系。所以，或许也有女孩是主动跟儿子发生了关系。但难道每个人都这样吗？

儿子跟丈夫很像，身材魁梧健壮，而且待人接物比丈夫好多了。会不会是因为产生好感后两人去了卡拉OK，在并不情愿的情况下，被儿子为所欲为了呢？

就像很早以前的我那样。

律师提出："为了避免令郎的名誉无端受损，和解是最好的选择。"

据说这样下去可能会面临民事和刑事两方面的诉讼。哪怕以无罪告终，以性犯罪嫌疑人接受调查和上法庭本身就很可能招致社会信用落入低谷。况且还有对儿子很不利的证据，上了法庭都不知能不能赢。据说三个人之中有个人还拿出了诊断书。那个女孩自称在卡拉OK包房发生性行为后，跑去了有夜间门诊的医院，接受过诊察。诊断书上写了阴道内壁有撕裂伤，而且还残留有精液。

儿子懊恼地唾弃道："这女人就是元凶。她脑子有毛病。明明是她对着我抛媚眼，完事之后就突然哭哭啼啼地假装是受害者，竟然还跑医院去了。不光这样，还去找了以前跟我联谊过的女孩，煽动她们。"

听起来根本不像儿子，不像那孩子会说的话。外出时一刻都不肯松开我手的那孩子；不敢从养着大狗的人家门口路过的那孩子；在车站前见到红羽毛共助捐款时，说要把自己的零花钱捐出去的那孩子；成绩通知单的生活栏中写着"不仅成绩好，还很温和，具有领导能力"，被老师夸个不停的那孩子……

那孩子是从什么时候变成这种男人的呢？

元凶、脑子有病、抛媚眼、假装受害者——他为什么能说出这种话？假设就如他所说，是一夜情的关系，也并不是一个人能造成的结果吧？他一定也主动要求了，不，是在他的迫使下才变成这样的吧？现在贴在他脸上的那副表情才该说是假装受害者吧？

那个女大学生就是那时的我。不，比那时的我有勇气多了。因为她并没有哭着入睡。因为她去了医院，接受了诊察，找到了同伴，发动了反击。

"混账东西！"

将我心中浮现出的痛骂喊出口的是丈夫。

但他接下来是这么说的："净招惹这种下贱的女人！"

之后，丈夫似乎是对儿子说了些说教似的话。儿子也一本正经地听他说，不时说着"对不起""我错了"，反复道歉。

那仿佛是一种奇妙的分工合作。乍看是父亲在训斥、儿子在反省，但实际上是两人在合力确认着共识。这次是不走运，或者说是失误了、太不小心、被坑了，根本没有强奸，是对方闹得过了火，是个坏女人。如此这般。

我心里想着必须得说些什么，狠狠说一通，却找不到相应的词汇。我不知道自己该说什么了。

律师安抚着丈夫，鼓励着儿子，继续讲述情况："对方也找了代理人，从我聊过的感觉来看，和解是相当有可能的。因为这种事情闹上法庭，对方一定也是想避免的。姑且还是有个市场价的。这次嘛，咱们稍微让步一点，应该就能谈妥了。"

应该是从儿子那里听说的吧？这律师知道婆婆的遗产还留着，指望着用它来支付对方提出的和解金。

丈夫刚开始吞吞吐吐的——为什么我们必须付钱？有市场价还得让步一点？甚至还说出了能不能反过来告她们这种话。

律师说着"我个人也是同感"之类的话，在对丈夫表示同情的同时，又劝说他这并不现实。

最终，丈夫尽管不情不愿，还是答应了这件事。

我……只是默不作声，没有反对也没有赞成。我觉得这件事最基本的前提就很诡异。疯了，我心想。但究竟是什么疯了、怎么疯了，我还是找不到词汇来形容。所以我什么都没能说出口。

在那个场合，沉默就等同于赞成。了解了前因后果，我们决定把交涉工作全权交给那个律师。

和解成功的消息是第二周来的。先是来了电话，到了周末，儿子和律师又来了趟家里，作了详细的解释。

"我们的诚意都已经传达到三个人那边了。实际上还给主要的那位又加了一点和解金，对方也已经通过代理人表示了谢意，说是'感谢理解我的心情'。"律师笑呵呵地说。

事情迅速摆平了，儿子的工作单位也没人知道，他的名誉守住了。

关于这件事，包括代理人在内的双方已经约定必须对当事人之外的人一概保密，所以我和丈夫也被要求保守秘密。

"这种事情怎么可能说出去呢？"丈夫一声叹息，又唾弃道，"说到底还是来讹钱的。"儿子对丈夫道歉说："给您添麻烦了，真对不起。谢谢。"

你搞错道歉对象了吧？！——终于找到了该说的话。刚冒出这个念头，这句话便转眼消散，并没能从我嘴里说出来。

因为儿子已经"道过歉"了，通过向控诉受害的女大学生们支付金钱的形式。而对方也接受了。"和解"成功了，何况还收到了对方的"感谢"。

律师走了之后，我们叫了外卖寿司，三个人一起吃。

"哼，一想到那个主谋的女人，就让我一肚子气。不过算了，总算尘埃落定，还算不错了。"丈夫鼓着腮帮子，边吃他喜欢的大腩肉边说。

他大概没说错。

尘埃落定，太好了。

我身为人母，不管自己的孩子犯了多大的过错，还是会疼爱他。儿子脱离窘境应该为之高兴才对。对方已经收了钱表示了认可，也就足够了。我过去不也是这样的吗？

我也曾经被强奸过，并且还因此怀孕了。但那个强奸犯说要负责，于是跟我结婚了。从结果上看，我获得了经济上足够安稳的生活，我也接受了这结果。

我的世界被改写了。不过是起因有点被强行改写而已，我并没有被强奸。我被丈夫爱着，也怀上了应该去爱的儿子。手中握着女人的幸福，我人生中的午后开始了。

这样就足够了，足够了。我很幸福，没有一点点奇怪，也没有失控。我不该再去寻找任何话语来否定它。

但是——

但是，我还是忍不住去寻找。

对我来说，儿子是唯一的寄托。尽管怀上他并非我本愿，但把他抱在怀里时，他是那么迷人，让我忍不住去怜爱。但就连这样的儿子也……

"他背叛了你，果然是老鼠的儿子会打洞。"耳畔的亚里砂像在追逐着我的思考似的低语道。

嗯，没错。有其父必有其子，可他也有一半流着我的血。

我不想让那孩子变成丈夫那种人，可让他看见的却总是不敢违抗丈夫的顺从姿态。那孩子或许是有样学样，以为像父亲一样也没关系。我想得越深就越想吐。

所以我做了个决定。那一天，看着两个酷似的男人狼吞虎咽吃着寿司的样子，我决定了——

去死。

从那时算起大约三个月后，某个天空晴朗到过分蔚蓝的日子，我终于展开行动。很讽刺的是，我还戴上了那孩子送我的项链。

咦？

不经意间，我似乎想起了一件事。应该还有一件事。儿子的事情发生之后，还有一件，是在最后的最后令我下定决心的事情。

短短一瞬间，几乎已经触及的记忆又如烟雾般消散在虚空。

"发生了什么来着？亚里砂，你知道吗？"

我抬起头仰视着亚里砂。这个梦里的亚里砂一定无所不知。

亚里砂没有回答我的提问，只是重复着刚才说的话。

"多多，你不要死。"

亚里砂抱着我，低下头把脸凑近过来。我们的额头碰在了一块。

"多多，你不是已经找到想说的话了吗？比如'结婚是场失败''我不幸福'，还有'不可饶恕'。"

每句话都直白地表述出了我视而不见的想法。

"更长更长的，长达五十张稿纸的话语，不也是你书写的吗？"

我写的小说《养狗》，是我字斟句酌，用语句串成的。我试图将只属于我的感受，置换成具有普遍性的故事来进行表达。

"多多，你那篇小说里出现的狗的名字叫太郎，也并不是偶然吧？"

太郎——那是我儿子的名字。

这是丈夫起的名字，说希望他能成长得更有男子气概。当然，相同的名字出现在小说里并不是偶然。其中饱含着我无法饶恕也不愿饶恕丈夫和儿子的情绪。

"该死的是他们两个才对——你的结婚对象和他的孩子，那两个卑鄙又肮脏的强奸犯。不能轻饶了他们。这跟和解是否成立、受害者是否接受毫无关系。多多，是你自己饶不了他们。"

亚里砂的话正中我的真心。

无法饶恕，也不愿饶恕。

但也正因此，无比痛苦。

因为他们是我的家人，是我深爱的家人。可怕的是，我的这份情感也是真的。

爱，不论起初是怎样的，我确实曾对丈夫有过爱的感觉，也有过被爱的记忆。儿子也一样。在我的五十年里，灌注过最多爱的就是那孩子了。也曾有过一些瞬间，我们是个真正幸福的家庭。有很多记忆只能用爱来概括，确实如此。

"多多，如果真的那么痛苦，就让它们全都不存在吧。放下你背负的重担吧。就算曾经有过爱，不也失败了吗？跟那个男人结婚、生下那个孩子，全都是一场失败，你自己也心知肚明吧？既然如此，就让一切从一开始就化作乌有吧，把他们两人的存在从这个世界消除掉就行了，把他们杀了就行了啊。"

杀了？

我不禁呼吸骤停。

"这可不行。杀人是犯罪，肯定比强奸更恶劣。而且，就算杀了也不能一笔勾销呀。因为婚姻失败而杀死丈夫，因为育儿失败而杀死儿子，这样太过擅自妄为，根本就是错的。"

"没有错。因为这并不是法律或者道德上的事。多多，这是与你自身息息相关的事。"

"与我息息相关？"

"是啊，多多，你不杀了他们，自己就会被他们杀死。你已经注意到了吧？你现在想自己去寻死，就等同于被他们杀了。你能咽下这口气吗？你死了之后，他们也许会稍微难过一会儿，但很快就会忘了。或者说，你的死可能还会被他们美化、粉饰，自顾自地感动起来。不论如何，他们又会吃起寿司来，吃得更香。你接受这种结果吗？"

"……不接受。"

"说的对，多多。与其被杀，不如杀了他们更好。擅自妄为又有什么关系？因为你所生存的这个世界，全都是由你所见、所闻、所嗅、所触及、所感受到的东西组成的。现在这世上跟自己有关联的东西已经荡然无存了，所以随心所欲就好——咔叽、咔叽、咔叽咔叽咔叽。"

亚里砂表演口技似的模仿出美工刀刃伸长的声音，是我参赛小说里的最终场景，是书写时在我脑海中响彻的声音。我的话语、我的杀意。

我也模仿起这响声。

两个人的声音恰到好处地叠合起来。

咔叽、咔叽、咔叽咔叽咔叽。

我们俩同时笑了起来。

啊哈哈哈哈。

笑了好一会儿之后，亚里砂说：

"多多，区区爱而已，别输给它。"

胸口一阵发热。

"这句话真厉害啊，亚里砂。还是你比我更与众不同。但你没说错，与其坐以待毙，我还不如先下杀手。可不能输给区区的爱啊。我明白了，亚里砂，我会杀了他们两个的。"

心情忽地放松多了。

"对啊，我现在不正身处在一个自我满足的梦中吗？在这里，我想什么都行，可以尽情地擅自妄为。就连过去一向觉得不该想的事情，都可以去想。没错吧，亚里砂，是这样吧？"

"是啊，多多。你是自由的。"

"但要怎样才能杀了他们呢？"

"从现在开始慢慢想吧。想办成一件大事，没头没脑地乱撞可不行，一定要仔细地制订计划。"

"原来如此，得这样啊。你不愧是职场女性。我明白了，来定个计划吧。丈夫和儿子在男性中都是偏高大的体型，靠一般的袭击也敌不过他们。"

"必须得出其不意。而且赤手空拳也很难杀死，是不是需要一件武器呢？比如用绳子去勒脖子或者用菜刀刺杀？"

"这两个我都没信心呀。就算突然从背后用菜刀刺过去，恐怕也不会立即死；勒脖子听着也很费力。"

"毕竟你又不是个杀手。"

"没错，必须找一种没臂力的我也能做到的办法。要是有毒药就好了……能杀人的毒物,我乍一想到的是氰化钾,然后还有砷吧。但要从哪里弄到手,怎么弄到手,我连一点头绪都没有。"

"多多,你老家以前是开工厂的吧?没有氰酸钾之类的东西吗?"

"我们家应该没用过这种东西,而且工厂在爷爷死后就关张了。"

"是吗?啊,等等。就算不是毒,用药或许也是个好点子。比如安眠药之类的。让他们睡着之后,杀起来不就简单多了吗?"

"这也许真的可行。只要对方睡得够熟,哪怕不是刀刺、勒颈,譬如说,把房间的缝隙都堵住,然后让煤气泄进去……不过我记得现在的都市燃气都是安全的了。那就换成烧炭……嗯,我觉得相当可行。"

"关键的安眠药从哪里来呢?最近似乎连普通药店都在卖,但那种的效果够强吗?"

"市面上卖的都叫助眠剂,效果没那么强。只是有些抗过敏药物有让人犯困的副作用,反过来利用了而已。专为让人睡着而制作的强效药,市面上是买不到的。但能在身心科、精神科,也就是俗话说的心理病诊所开到处方。"

"你懂的可真多。"

"可别小看职业女性哦,这压力可不是一般人能承受的。

心理诊所我去得还挺勤的。安眠药就着酒吃下去，效果会比通常更强，还更容易出现记忆断片的副作用。有些情况下，甚至会很快失去意识，就这么死了。如果是这样，几乎等同于下毒，也能省去不少麻烦。"

"原来如此，心理诊所吗？我还没去过呢。有点害怕，应该没事吧？真说睡不着不就是谎报病情了吗？能配到药吗？"

"谎报病情？多多，你一直在想寻死的事吧？心理早就不正常了吧？"

她这么一说，我才恍然大悟，之后不由得感觉可笑起来。

"怎么能说人家心理异常呢？呵呵，也许真的已经相当不正常。毕竟现在是两个女人赤身裸体抱在一起，正在讨论杀人计划呢。"

"是啊，太不正常了。所以肯定没问题。啊，不过别把这件事告诉医生哦。"

"这是当然的。怎么可能会说呢？"

"嗯。在心理诊所还有个快些拿药的诀窍……"

亚里砂的说明很容易理解，我越听下去就越觉得自己能行。如果顺利取到药，就只看何时行动了。要用这个办法的话，还是把丈夫儿子两人一起收拾掉比较好。

那么过新年的时候再合适不过了。儿子会回老家来，也会喝酒。两个人都喜欢吃浓重的口味,做一道加了药的麻婆豆腐,只有我不吃也没什么不自然的。

"多多,光杀掉就满足了可不行。彻底逃脱法律制裁才是完美犯罪啊。"

这话说得就好像是"只有安全到家才算远足结束"一样。但说的也没错,难得自私一回定了个杀人计划,被抓去蹲一辈子的监狱就太得不偿失了,确实该挑战一次完美犯罪。

我这才意识到,自己不知不觉间欢快了起来。明明在想这么凶险的事情——不,或许正因为凶险,所以才欢快。

"就算用烧炭来杀人,也很难伪造成自杀呀。"

编造自杀的动机,伪造遗书,想想都觉得难。如果被警方怀疑,接受各种调查,很可能会蒙混不过去。

"既然这样,把尸体抛到哪个地方去,让他们失踪行不行呢?就说丈夫和回老家的儿子一起出门后就没回来。对于一把年纪的成年人,如果没有明确的案件性,警方是不会去搜查的。就算报了失踪,也不会好好去找人。听说日本实际上每年有好几万人失踪呢。"

我也偶然在网上的文章里读到过类似的内容,里面写得很耸人听闻,说某些失踪者恐怕是不为人知地被杀了。

不过,要把两个高大男人的尸体抛弃也是很辛苦的事,还是拆解成碎块,一点一点扔掉比较好。人的身体能用菜刀切碎吗？也许准备一把电锯之类的会更妥当吧。

想象一下具体的场面，就觉得相当恶心。应该会出很多血吧？就算在浴室里干，事后清扫起来一定也很要命。

还有，可能会沾到气味。血腥味就不提了，如果把身体拆解了，积压在膀胱和肠道里的东西也会跑出来吧？

这确实让人退避三舍。我对分尸这件事忽然提不起劲来了。

"直接埋到院子里呢？这是自家房产，贷款也还完了吧？只要房子没转手，就不会被人挖出来了。"

就是这个。

我家的院子有外墙，还有屋子挡着，从外面看不见。隔壁是平房，也不必担心别人窥见。从远处的公寓用望远镜兴许能看见，可我不觉得会有人这样监视我家。

埋了尸体之后，就在那里建个家庭菜园吧。

"等一等，多多，你想把他们当肥料？"

"啊……嗯。哎呀，原来会变成这样啊。我只是想，机会难得就别浪费了。"

"哈哈，说什么呢？多多，你果然很与众不同。"

是吗？

接下来的好一会儿，我们都在聊该在用丈夫和儿子当肥料的家庭菜园里种些什么，最后决定从最常规的西红柿和茄子开始。

"这样一来计划就十拿九稳了。"亚里砂的语调稍稍压低了一些。

很快,这个愉快的梦就要结束了吧,已经快到早晨了吗?我就要醒来了吧?

我下意识察觉到了这一点,但亚里砂却说:"不,不会结束的。就算这只是个梦,也是你活着感受到的体验。你想什么都行,做什么都行。你是自由的,一定能够实现计划的。"

"这话是真的想让我去做吗?而不只是梦中的说笑?"

"当然了。我说这些话,从一开始就是认真的。你也是这样吧?因为我就是你啊。"

我就是你——我终于想起了忘记的事,不,是假装忘记的事。

我能感觉到自己的呼吸变浅了。

有一种预感。

梦就要结束,我即将醒来。

"再见了,多多。难过沮丧的时候,一定要再想起我来啊。"

这就是她留下的最后一句话。

"亚里砂!"

我呼唤着她的名字,从床上一跃而起。

是熟悉的寝室,我在一个人睡的双人床上。有些微的阳光透过窗帘的缝隙悄然照进来。

我并非赤身裸体，而是穿着睡衣，手里还握着手机。

我吸了一口气，点触手机的屏幕，确认联系人应用——里面空空如也。只保存了一条的亚里砂的号码不见了。

没有来电记录，也没有呼出记录。

我打开照片应用里的相册，一直向上翻。最上面的第一张照片是我的自拍，是买这台手机的那天，在咖啡店里拍的。下一张本应是亚里砂的照片。但它不见了。拍的是桌上的纸杯，是那天我第一次喝的焦糖玛奇朵。

梦……

是啊，这是梦。我一直都心知肚明。因为这都是我自己制造出的幻象。

那一天，并没有偶然间的重逢。

我一许愿，她就出现了。在很久之前就死去的亚里砂就出现了。

5

漫长的午后

"原来是这样啊，挺好的嘛。你就试试呗。"总编驹场眯着眼睛，抬起半边嘴角笑了。

梨帆不由得"咦"地出了声，张着嘴呆住了好一会儿。

与电话铃声交叠的七嘴八舌充斥着整个楼层，"校稿给我""真的吗""日程太紧""饶了我吧"，这样的对话碎片断断续续地传入耳中。

二〇二一年一月十二日

上周，刚过元旦，以东京为首的一都三县就发布了《紧急事态宣言》，新央出版却没有采取像去年第一次那种以远程办公为原则的强硬措施。公司仍维持从去年下半年开始的准远程状态，是否到公司上班交由个人判断。这次的感染人数和重症人数明明比第一次还多,可隔壁的杂志编辑部几乎全员到岗,书籍编辑部也有超过一半人到公司。也许并不局限于新央出版,大家都开始习惯"新冠"了。

"你这表情是什么意思嘛?是你自己提出来的,难道不想做吗?"

听到驹场的话,梨帆才回过神来:"是,我当然想做。但真的可以吗?"

"不是都说了挺好的嘛。当然,那份稿子还是得让我确认一下。既然你一口咬定能行,那就应该能行吧。上面应该也不会拒绝的。不过印数就别指望太多了。"

这倒是未曾预料的情况。

梨帆开门见山地说了过去在新人奖中落选的投稿者又发来了新作稿件,并以希望出版的态度进行了交涉。

梨帆比谁都更清楚,公司已经退出了小说市场。哪怕驹场对梨帆抱有好感,两件事也是一码归一码。她甚至想象过被冷淡拒绝后,以辞职为由来要挟对方接受。

她是认真的,本就已经打算跳槽到做小说的出版社了。虽然不知道有没有刚好缺人手的公司,但在这个行业里,人进进出出很正常,编辑跳槽并不少见。只要别太拘泥于待遇,坚持找下去,总有一天能找到当小说编辑的地方。就算花费一些时间,就算当不稳定的合同工也好,梨帆只想让志村多惠成为作家。不,必须做到。她已经下定了这样的决心。

可这事从第一步起就进展得过于顺利。驹场连稿子都没读过，就已经让梨帆以出版为前提行动起来。要再次出版本已放弃的小说，况且还是过去连一本书都没出过的新人写的作品，也就是要让一个新作家出道。很难想象总编一个人就能下这种判断。光在公司内部应该就有好几道不得不跨越的障碍，而驹场对此竟然显得很乐观。

这是怎么回事？

能在新央出版把书推出去自然是再方便不过了，但惊吓比惊喜还大。

驹场苦笑着说："如果是其他人交这种选题上来，我肯定是骂一句'别说蠢话'就此告终了。但来的不是别人，是葛城小姐你啊。"

"不是别人而是我？"

"没错。你是这四年来给公司带来最大利益的编辑。让风宫写出《傲气凛然》的功劳简直大得没边。靠那次的热卖，我们的新书[1]品牌才算是做到了广为人知。新书整体的销量都被抬高了。一点都不夸张，就是你救了公司，你不也得了社长奖吗？"

"嗯……是啊。"

《傲气凛然》成为畅销书的时候，梨帆确实受过不少赞誉，也听说不仅是《傲气凛然》这个个例，还起到了广泛的推波助

1　此处的"新书"也特指固定开本的社科、教养类书籍。

澜效果。梨帆当时的确觉得挺自豪的，但回过神来已经身心俱疲。

"怎么？你自己一点都没感觉吗？"驹场的眉毛皱成了八字形，"大家都很佩服你做的工作。风宫是个很难对付的人吧？成了畅销作家之后就更加难对付了吧？我明白她最近的作风已经超出了你的本意，但还是觉得你把控得不错。《傲气凛然》之外的工作也都做得很细致。新书和财经类的书并不一定都是专业人士在写，可你负责的书每一本的主题都很明确，也很好懂。看得出来你是事先对作者的书和经历做过充分调查，然后才去深入接触的。我明白这些都是基本功了，但一本书有没有用心去做，大体还是能从成品优劣上体现出来的。人都是能偷懒就偷懒的。但你不管做哪本书，都很投入。给稿子的批改也很到位，我觉得你当过小说编辑的经验被以很好的形式利用起来了。第一次写书的人都可以放心地托付给你，能把稿子交给你的作者可真是太幸福了。你工作真的很出色。"

工作很出色——这句话传进耳朵，在梨帆的脑子里回荡。

她完全没这感觉，只是因为工作交到手里就不得不去完成罢了。对不同的工作一视同仁，也只是因为接触不到小说之后，不管哪本都一样，纯粹是工作罢了。

然而……

"说实话，我还想主动提这件事呢：你要是还想做小说的话，就做做看呗。可不是我自作主张啊，部长也是同意的。"

驹场在哑口无言的梨帆面前挠了挠头，"葛城，你当初不就是为了做小说才来咱们社的嘛。《小说新央》停刊的时候，你就明显很消沉。我可是在担心你哪天会辞职跑别处去呢。"

事实上，直到前阵子，梨帆一直在打辞职的主意。

"想在哪里工作当然是你的自由，你要是去意已决，我们也没办法。但这就是天大的损失了。不光是对于公司来说，对你负责的所有作者来说也是。可又不能让小说、杂志复活，立刻打造一个小说品牌出来也是不可能的。不过，单出一本的话应该没关系。你就去做一本真正想做的书吧。这样的形式我们已经商量过了。意向层面的话，已经找社长通过气了。"

"社长？"

梨帆获得社长奖的时候，曾经和他简短地交谈过几句，但她甚至怀疑过对方是否真的认识自己。

"是啊。社长和那批董事也对小说还有些留恋呢。听说他们聊的时候，气氛比我们办公室还轻松，还说'如果这样能留住葛城，就做吧'。所以说，我一直在盘算什么时候找你提这件事，没想到你先来了。没名气的新人？挺好的呀。能让你这么入迷的，肯定是个特别好的写手吧？一定得在咱们社出道啊。我也会尽可能掩护你的。"

驹场爽朗地笑了。

"我工作得……还不错？"梨帆不由得确认似的问了句。

"嗯，很不错，相信今后会更好。"

驹场给了梨帆想要的答话。终于让他亲口说出来了,梨帆深吸一口气。

一股暖流从身体深处油然而生,她感到一种鼓动,是心脏在怦怦作响。

并不是白费劲。

《漫长的午后》里好像也有"我"如此释怀的情景吧。梨帆感觉到鼻腔深处一阵酸楚,泪腺松开了。

别哭,现在流泪还太早了,留到更远些的将来再说吧。

梨帆一边告诫着自己,一边低下头:

"谢谢您。"

那天晚上,梨帆一回到公寓,就从在寝室一角积成小山似的书堆里挖掘出一本,来回翻看。

并不是因为喜欢才造出了这座书本的小山,只是没有能好好收纳的地方。就算把整个壁橱当书柜来用,就算定期处理掉不读的书,书本也会日益增加,满溢出来。超出书柜的容量,就只能找个地方堆着。

但其中只有一本是她有意埋在了书本的小山中。因为不管是封面还是封底,哪怕看到这本书的一部分,梨帆都会觉得呼吸困难,搞不好会引发过度呼吸。于是她把它放到了眼不见为净的地方。她自己也曾想过干脆处理掉算了,可还是做不到。有另一个自己在恳求把这么美好的故事永远留在手旁。

这另一个梨帆，自从在几乎无法回想的年幼时代第一次感受到故事之快乐的瞬间起，就一直隐藏在身体深处最重要的地方，是她不容许自己舍弃这本书。

是牧岛晴佳的《银船载你前行》。

梨帆一看到封面，就感到了窒息——还是没法轻易放下心结。但没事的，不会再有过度呼吸了。

她取过书本，翻动书页，顺着文字的方向阅读。

啊，故事果然好极了，每一行都揪住了自己的心。

真、牧岛小姐，你们的工作真出色……

佩服不已。但还不仅如此。和初次阅读时一样，大受冲击，也觉得很不甘心，还有一种凄惨的感觉。即使头脑里明白没必要这么想，还是忍不住去想。这也许已经无药可救了。

所以至少把它当燃料来用吧。接受这一切，做自己力所能及的事。

　　那里还残留着些微的余热。

《银船载你前行》是以这一行收尾的。这份"余热"就是奋力生存的一切生灵所共有的"韧劲"的象征。梨帆反复咀嚼着这句话。

"我身上也有这份余热。牧岛小姐，与你做出正相反选择的我身上也有。"

梨帆合上书，心想。

"我也会出色地完成工作。"

接着，她打了两通电话。

先是打给风宫华子。

"小梨，怎么了？"

还不等梨帆打完招呼，尖锐的声音就直冲入耳朵。从语气听来，对方的心情似乎不错。太好了。

"那个……友江，虽说要过一阵子才能正式开始，但我想把接下来要做的书送给你看看，行吗？"

"那当然是没问题啦……怎么突然这么一本正经？赠书的话，你平时总是一句话都不说就寄过来了呀。"

在新央出版内部，不局限于梨帆经手的书，每当出了风宫华子有可能想读的书，梨帆就会给她送过去。大家都指望着人气爆棚的她能随便在哪介绍一下，多少也能算个宣传。

"这次的书，无论如何都想让你读一下。"

"是吗？什么书？"

能听出她的音调降了八度。恐怕是听到梨帆把心思放在其他作者的书上就泄了气。

"是小说。"

"小说？你们不是不干这条线了吗？"

"是的。但现在决定就出这一本。作者是个无名的新人，我无论如何都想让这本书面世。"

对方沉默了一小会儿。接下来说的话，音调就更低了。

"……唔嗯。这样啊。我要不要也再写点小说呢……"

她的句尾还带着点怄气的意思。梨帆只能努力用开朗的语气回应："好啊。哪天想写的话，友江你也可以写呀。"

"啥？"

风宫华子扬起的嗓音里满是惊讶与烦躁。刚才的话听起来像在挖苦吗？

"不是的，友江。我说这个不是为了让你生气的。"

梨帆慌忙补充了一句。

"这次我能出小说，也是多亏了有你。友江，跟你的合作在公司里的评价很高，我才得到了信赖，有了今天的机会。所以我想先对你表示一下谢意。"

这份心情没有虚假。

"呃……啊……是吗？"

对方的声音稍稍柔和了一点。梨帆面前几乎浮现出风宫不知所措又转悲为喜的模样，不得不佩服她的多变。

如此纤细微妙的转变，光从说话声就能理解，看来我们的交情可真够久的——可我想说对不起。真的对不起。友江，我一会儿自诩把你捧成了畅销作家，一会儿又自以为是地失望，觉得是我毁了你而后悔不迭，二者态度都很傲慢。

"友江，真的谢谢你。我觉得这本小说你一定也会喜欢的。它在各方面都能给你带来点刺激，所以请你看看。"

"哦?既然小梨都说到这份儿上了,一定相当厉害吧?"

能听出她的话中又夹杂着几分嫉妒。

"是的,很厉害。不过友江你写的也很厉害。"

"什么嘛?说得像是顺便恭维我一下。"

"不是恭维话。所以我们再一起做本书吧。小说也好,随笔也好。你有想写的东西,就提议给我吧。我也一样,如果发现了想让你写的题材,也会不停给你提议的。友江,把你的下一本做成最棒的书吧。我会竭尽全力协助的。"

在一小段沉默之后,对方问了句"真的?",嗓音变得微弱了一些,带着几分忧虑。

"是啊,当然了。"

梨帆这么一回答,就听见了对面的吸气声。

"太好了。我一直以为就要被小梨抛弃了呢。"

"咦?"

"不过你就算抛弃我也无可厚非啦。你想呀,我现在树敌那么多,最近写的东西恐怕也都是你讨厌的。我也是想了又想,为什么就写出那种东西来了呢?可是,血气一上头就忍不住写了……小梨,你已经受够了吧?即便是这样,你还愿意做我的书吗?"

她的声音颤抖着,想必眼睛是湿漉漉的。

全都露馅儿了,仔细一想也是当然的。既然梨帆能只凭声音察觉到对方情绪的些微变化,那对方能同等敏锐地察觉到自己的想法也没什么不可思议的。

何等的失态，事到如今自己还难免傲慢。

"是啊，我们一起做书吧。友江你可以尽情地写你喜欢的东西。写得血气上头也没关系。我会好好帮你掌控的。我绝对、绝对不会松手，会牵住你的缰绳，一定要做一本不会后悔、能抬头挺胸推出去的书。所以，请你一定要写。"

这件事真做起来就没那么简单了。风宫华子是个性情不定的人。梨帆现在不论说了多少豪言壮语，工作起来都会被她耍得团团转，肯定会面临无法想象的压力。这种事梨帆当然明白。但明白这一切，梨帆仍然想起誓，要和这个人一起完成最出色的工作。

"谢谢你……小梨……我……一定会写的……"

风宫华子不禁哽咽了。

不经意间在脑海中浮现的语句，几乎是无意识地从嘴里跑了出来："友江，我能活着，真是太好了。"

扬声器另一边的哭哭啼啼又夹杂了笑声："怎么了，小梨？还记得我以前说过的这句话？"

"是啊，希望有一天，还能在最棒的夜晚来场最棒的干杯吧。"

"你说的对，下回再喝吧。"

结束通话后，梨帆才意识到自己的脸颊被泪打湿了。她不知不觉哭了一场。明明在公司面对驹场时都忍住了，还以为可以留到更远一些的未来呢。

能活着真是太好了。

这是梨帆的心里话。

因为短短几天前，梨帆还在想干脆一死了之。

那一天，去年十二月二十八日，原本必须办的重要事项就是这个，她在考虑自杀。她觉得自己没有活下去的资格，想着至少要善始善终，就把公司的桌子收拾了一遍。而就在那之后，她偶然间得到了志村多惠的原稿。

小说中的主角"我"也打算寻死。在梨帆看来是一样的。她感觉这位身处状况与年龄都不同的登场角色仿佛就是自己。

这是我的故事——在接触虚构作品时，梨帆偶尔会有这种奇迹般的感觉降临。而这次的感觉更强烈，把梨帆深深吸引。志村多惠所勾勒出的故事之力，牢牢地攥住了梨帆的灵魂，并把它扣留在了这个世界上。所以她现在还留在这里，还活着，还能给风宫华子打电话，还能哭泣。

能活着真是太好了。

是志村多惠让梨帆的思路转变了。

梨帆用纸巾擦擦泪，操作手机，在通话记录中选择了她的号码。

呼叫音响了起来。它的节奏与自己的心跳声同步了起来。

《漫长的午后》毫无疑问是志村多惠以自身为原型创作的私小说。因为亚里砂这个旧友的幻影而打消自杀念头的部分，大概是创作上的演出效果吧。但主角的许多体验，会不会是志村多惠直接把自身体验写下来了呢？尽管无法断言，但从文笔中确实能感受到。如果说稿件中的故事发生在《养狗》投稿的二〇一三年，那么作品在七年后的二〇二〇年末送来，也是印证梨帆想法的根据。

七年，那是申请将失踪者在法律上认定为死亡的"失踪宣告"所需的时间。

志村多惠有可能真的杀了人。这一点也是相同的。

因为梨帆也曾经杀过人。

电话接通了。

"喂，你好。"

话筒里传来志村多惠的说话声。

*

我得知亚里砂去世的消息，正是去年儿子的案子刚达成和解的时候。

为什么会变成这样子呢？我到底是错在哪里了呢？

后悔组成的厚茧将我整个人包裹住。

如果没有生下那个孩子，如果没有和那个人结婚，如果那时拒绝了那个人，如果没进那个公司，如果不是去短大而是上了正经大学——我细数了许多或许能够做出选择的过去。

但是我想不出之后可能会发生什么，不论是上了大学的自己还是没结婚的自己。我具体在哪里学了什么，做怎样的工作，如何活着，怎么都想象不出来。

这或许是无可奈何的。因为这全都是我没选择的"如果"。就算能顺利想象出来，也算不上是宽慰吧。

在这些思绪来回飞舞的茧中，我忽地想起了亚里砂。

那是沉没在记忆最底层，被我彻底遗忘了的，二十五岁见最后一面的那场同学会上的交谈。

当时，我说了如何与丈夫相恋后，亚里砂就开始数落我："多多，你和那种人在一起是不会幸福的，劝你现在就回头。"

当然，我并没有坦白说自己是被强奸了，应该只是说了被中意的人强势邀约之类的。其他同学都纷纷说着"真好啊，果然还得是男人主动一点"，显得很是羡慕，可只有亚里砂不同。

好不容易强行让自己接受了这种幸福，可前途又遭到否定，引发了我强烈的反感。

从结果而言，事实正如她所说。

说不定从那时起，我其实已经冥冥中知道会是这样的结局。知道和那个男人结婚之后，更别说给那个男人生下孩子之后，是压根儿不会有幸福的。

从那以后，我跟亚里砂就因为尴尬而关系疏远了。一想起来，就没来由地想听听她的声音，想让她听听我的故事。和丈夫之间的事、儿子的所作所为、我的真心话，那些对谁都说不出的事，真想一股脑儿都说给她听。她说的全都应验了。

她现在在哪里？做什么呢？从前，儿子说有个叫西原部长的女上司时，我就问过他有没有一个年纪差不多的女职员姓柴崎的。儿子摇头说："应该没有。干得久的女人很少，所以特别显眼。从没听过有姓柴崎的。说不定外派到哪里去了。"

亚里砂是辞职了吗？还是儿子所说的外派？又或者，就像她在同学会上说的那样，实现独立了吗？

我想知道她的近况，想和她取得联系。可我连她住在哪里都不知道，电话号码也不知道，就试着拨打了高中时联络簿上她家的号码。那是今年刚过元旦时的事。

"喂，柴崎家。"

接电话的沙哑女声自报家门，一定是她的母亲吧，看来至少她老家还没搬走。我说自己是亚里砂的同学，想和她取得联系，在短暂的沉默之后，那个女人回答了我。

"那孩子已经去世了。"

意想不到的话语让我脑海中一片空白。

"还有别的事吗？"

她似乎想挂电话了，我想方设法地憋出一句这种场面下该说的台词："节哀顺变。那个……我完全不知道这件事。下次请容许我登门上一炷香。"话已经说出去了，但情感还没追上，就好像在念些不明含义的经文。

"不用了，请你别来了。"

女人的语气不容分说，简直就像在抗议我骚扰她。我的脑中仍然是一片空白，面对明确的拒绝无言以对。

"不必牵挂了。"

女人反复叮咛似的说完这句，就挂了电话。

如果那真是亚里砂的母亲，我在高中时也见过好几次，是个温柔又优雅的妈妈。电话中那女人的沙哑嗓音与冷淡的话语，与我印象中的并不一致。不过，这漫长的年月，已经足够让一个人的嗓音和品性改变。如果遭遇了女儿之死之类的变故，就更有可能了。

不过，话又说回来……

电话挂了一阵子之后，我的大脑才终于开始运转。朋友说想去上炷香，她竟然那么强硬地拒绝了，总觉得有点奇怪。我有一种不祥的预感。亚里砂是为什么而死的呢？莫非跟那个像是母亲的女人表现出的态度有什么关系吗？

不过，我很犹豫该不该给亚里砂家再打个电话。就算问了，我觉得那个女人也不会轻易告诉我。

于是我尝试联系了其他同学。

有好几个老家跟亚里砂是同一个地方，小学、初中都是同一所的同学。我挑了其中住得离亚里砂家最近的人，她在高中时跟亚里砂并不是特别亲近，但毕竟是邻里关系，也许会知道些什么。

所幸她就住在老家，很快就联系上了。

"详细的我不清楚，不过听说是自杀。大概五年前吧，说是在东京独居的房间里上吊了。她不是还上了大学、进了很好的企业嘛。但好像很久以前就辞了工作。街坊邻居有的说她挪用了公司的钱，有的怀疑是不是搞婚外情，有各种各样的流言蜚语，搞不清哪个才是真的。她家里面都没办葬礼。"

亚里砂自杀了。

挪用公款、婚外情，这种不负责任的流言我是不会信的。

但她一定是对什么绝望了吧，否则怎么会断送自己的性命呢？

连亚里砂也失败了。

在学校里，她总是处于班级的中心，上了好大学，进了大企业，还说过要铆足了劲工作，不能输给男人。就连那个亚里砂也……

在一日温泉旅行中，我触碰到的腹肌那样美丽、柔韧、坚强的亚里砂，也没能选好自己的人生道路。

一想到这里，我就有了些许被救赎的感觉。

我也去死吧。

疏远的挚友所做出的最后抉择，让我下定了决心。

这个世界已经是个连亚里砂都活不下去的地方，那么我活不下去不也是理所当然的吗？

还是去死吧。

下了决心之后，我就开始调查怎样才能轻松一点地死去。

调查的过程中，我也一直在想亚里砂的事。

我想的并不是她为什么会死，而是她如果一切顺利，能走上多么辉煌的人生。很不可思议的是，我明明想不出自己的另一种人生，可亚里砂的"如果"人生却接二连三地浮现。

在一流企业麻利地工作，对来套近乎的男人不屑一顾，只走自己路的孤高形象。不久后，她不满足于公司，实现了独立。这么单纯的成功故事可能会有点无聊，中途一定也遭遇过困难，应该也有过许多几乎要被压力击垮的夜晚吧。但亚里砂没有输，克服了一切存活到了最后。随心所欲、自由地活着。

曾几何时，我拼命地编写出了亚里砂的这个故事：

亚里砂在某一天，因为工作而造访某个街区时，偶遇了早已疏远的旧友，一个对人生感到绝望、将自己封闭在后悔的茧中、决定寻死的旧友。

亚里砂什么都知道,知道朋友悲壮的决心,也知道她此刻即将断绝自己的性命。

能够立即洞察二十五年都没见的朋友心里在想什么,会不会太牵强了呢?不,这小小的奇迹才是故事的内核。啊,没错。这时的亚里砂一定连自己都觉得很惊讶:为什么能理解朋友的心境呢?接着她才意识到,两人之间即便经历漫长的时间,仍然有着剪不断的联系。两人曾经是挚友。尽管只是短短几年,但曾有过密切的心灵交会。过往的记忆、表情、语调、视线等,都成为她看透挚友真心的依据。

亚里砂叫住了那个朋友。

为了再一次与她成为挚友。

为了打破包覆她的厚茧,为了让她的世界更加宽广,亚里砂伸出了援手——我沉溺于亚里砂的这个故事中。

所以亚里砂出现了。我编造的故事中,由我自己创造出的亚里砂,在一步步引导着我。

*

二〇二一年一月十八日

东京的"城区"部分真是绵延不绝。

眺望着在西武新宿线车窗外流动的景色,梨帆忽地有了这种感慨。

就连梨帆故乡栃木县最大的城市宇都宫，能称得上"城区"的地方也只不过是车站周边。坐上电车开个三四站，外面的景色就变成空地和农田比建筑更多的"乡下"风貌了。不仅限于宇都宫，日本的地方城市大抵都是这个样子。

只有东京的城区范围异常宽广。在梨帆的感受中，东京的二十三个区里，包括被称作"下城区"的地方，全都是大都会。离开主城区往外环走——用西武新宿线的车站打比方，就是过了武藏关站——仍然是楼房鳞次栉比的景色在不断延续。

上一次坐这辆电车来这边的时候也有过类似想法。

那是梨帆刚来东京，上大一的时候，已经是十五年，不，十六年前了吧。因为通识课有地质学实习，就坐车去了秩父采集矿石。当时坐的也是西武新宿线的下行列车。别说外环了，直到驶入埼玉县的所泽换乘为止，景色都是不变的城市。

在所泽换乘池袋线，前往饭能和秩父的途中，才终于能看见些零星的山峰和农田，这让梨帆松了口气。

今天不用到所泽，在小平站下车了。

时间是上午十点十七分，从南口的阶梯走出站厅，面前出现了环岛路口和一家超市。或许是已经过了上班上学的高峰期，人流量并不多。

梨帆跟一个带着小男孩的女人擦肩而过。对方戴着口罩，脸有一半看不清，但估摸着和梨帆年纪相仿。男孩大概三岁。

两个人缓缓走上车站楼舍的阶梯。梨帆茫然地目送他们远去。

你是个杀人凶手。

每当在大街上，或者在电视上看到那种母子同行的景象，真曾经说过的这句话就会在梨帆心中重现。

三年多以前，梨帆怀孕了。
尽管还不想要孩子，但和丈夫真还是会做爱。就算因为要不要孩子发生过冲突，但对他的爱一直持续着。他也一定是这样。也正因此，他们时不时需要做爱，当作和好的手段。每个月就一两次，算不上很频繁，真嘴上总说要孩子，但也并没有强行内射过，每次都会好好地用上避孕套。
所以验孕棒上出现阳性的时候，梨帆还以为是出了什么错。去妇产科做了诊断，确定已经怀孕三个月的时候，梨帆才终于意识到这阵子对气味有些敏感、胸口时不时有奇怪的灼烧感，原来都是孕期反应。
但她还是无法相信自己的肚子里正在孕育一个生命。
避孕套的避孕率并不是百分百，就算使用方法正确，精液也会很罕见地从缝隙之类的地方漏出，导致怀孕。梨帆知道这条知识，但直到发生在自己身上，都没想过它真的会发生。

真也很惊讶，不过他同时也很高兴。

"是命运，是神赐予我们的。这是奇迹啊。"他说了这种话。

命运。梨帆一度也这么想过。她并不是从今往后永远都不想要孩子，只是暂时还不想要。况且"还不想要"的理由连自己都解释不清。可好好避孕还是怀上就没办法了。

她想过生下来。

看到真喜出望外的样子，自己确实也开心了起来。或许此前那些尴尬的日子也能宣告结束了。

可到了当天晚上，梨帆上了床后，心底总泛起一股迷雾一样的感觉。她心情烦躁，怎么也睡不着。有好一阵子，她连自己感觉到的是什么都搞不清楚了。

很快，一个问题浮出水面。

这是我想要的吗？难道没办法就该生孩子吗？

一旦产生了这种自知，就很难忽略这个疑问，况且不必多想就有了答案。

——否。并不是我想要的，孩子当然也不该因为没办法就生。

梨帆意识到了。

那天决定要生，并不是自愿选择的。只是偶然和那个场面下的气氛，促使她不得不这么选。

梨帆并没有什么特别的信仰，也不相信什么神。

是避孕的失败，是失败的结果。只是偶然带来了与真实意愿相悖的心理作用，并不是神赐予我们的。当然，更不是命运使然之类的。

梨帆不想把因为避孕失败而怀上的孩子无可奈何地生下来。排除多余的杂项之后，所剩下来的真心话就是这个。

第二天说给真听之后，他的脸色就变得铁青。

"你在说什么呢？为什么能说出这么残忍的话来？这不是好不容易才怀上的生命吗？"

真这么说或许是没错。梨帆肚子里的是一条新生命，把它断定为失败未免有些残忍。

真的神色中除了哀伤，还同时流露出几分幻灭，他就像看着一个可怖的怪物一样盯着梨帆。至少梨帆是这样觉得的。被丈夫用这样的眼神看着，是很痛苦的。

"你再重新想一想吧。"

梨帆照他说的，重新想了想，觉得还是生下来吧。这样一来就全都能圆满收场了。心爱的丈夫应该也会开心吧。就算这是一次并非本意的怀孕，但生下来的孩子是毫无罪过的。只要尽全力去爱孩子就行了。没关系的。就算现在有些不安，也一定能爱上的。"生了孩子真好"的那天一定会到来。因为世上没有一个生命是不该诞生的。

孕育生命是一件高贵而美好的事。爱即喜悦。不论何时，这都是正确无误的。

梨帆喜欢的故事中也有许多以此为主题。哪怕不是高声宣扬，也会轻声低语。有时在描写死与憎恶的同时，也会肯定生命与爱。自己不就是被这样的故事鼓励着活到今天的吗？

所以，生下来吧。

故事并不只存在于纸上。不论是谁，人都活在自己的故事之中。将偶然和失败改写成命运才能成就故事。所以就接受这份命运吧。拼命去爱这个命运赋予的新生命，把他养育成人吧。

梨帆这样劝说着自己。

但还是不行。一到晚上就睡不着，又有同样的问题浮现。

这是我想要的吗？

答案依然是无须思虑的：

否。

梨帆完全不懂为什么会是这样，但又确实有着强烈的念想。

我想凭自己的意愿去选择。

不必把偶然和失败说成是命运，也不必被正确性强迫着做出选择，而是要凭自己的意志来行动。正因为养育生命和爱是正确的，做选择时才必须遵从自己的愿望。梨帆不想随波逐流地做选择。

梨帆明白，不论费多少口舌，真也不会理解这种想法。她明白自己正在伤害他，让他难过。就连和他的关系都可能会产生根本性的决裂，就连今后很可能会后悔不迭，梨帆也很明白。

即便如此，梨帆还是瞒着真打掉了腹中的孩子。

这并不是一个冲动的决定。在决定堕胎后，梨帆还给自己留了大约一个月的时间。她心想自己在这段时间里有可能会改变主意，也像是对自己的某种期待。

自愿产下孩子，以一腔热爱养大——能这样自然是最好，其中必然存在着幸福。

但想法仍没改变，反倒是这想法与日俱增地强烈了。

在这腹中孕育的生命，并不是我想要的。

我对真谎称出差，住进在网上找到的地方医院，完成了堕胎。

已婚者堕胎时，原则上需要配偶的同意书。梨帆自己写了一份，是伪造私文书。妊娠十二周之后的人工流产有提交死产申请书的义务，也是梨帆擅自提交了一份。说到底，根据《母体保护法》[1]，除非怀孕和分娩因身体或经济上的原因对母体健康造成危害，或者因强奸等导致怀孕，否则是不允许堕胎的。梨帆的情况二者都不符合。严格地说，梨帆的行为属于堕胎罪。她把执刀的医生都卷了进来，是犯了罪。

当一切结束，告知真后，他勃然大怒。他说的第一句话是"咦"，接着就是"骗人的吧？"梨帆说"是真的"，又把医院的发票给他看。他立刻怒吼："开什么玩笑！"再之后的就记不清了。他用一切可能的言语表达了自己的愤怒和哀伤。

---

[1] 《母体保护法》是日本于1948年7月13日颁布的一项法律，主要规定了通过绝育手术及堕胎的手段保护母亲健康的有关事项。

他的反应既能说是预想之内，也远远超出了预想。梨帆觉得他终究还是个温柔的人，为失去的生命痛哭，也因为过度愤怒而抓紧了梨帆的肩膀，即便如此，他还是没有打人。
　　最后他呻吟般地说：
　　"你是个杀人凶手。"

　　从站前来到街道，梨帆在初次造访的小平镇漫步。有独门独院，有低矮的集合住宅和公寓楼，就是一条如同出现在画册中的住宅街。街上没几个人影。
　　抬起视线，鲜亮得有些不详的湛蓝天空映入眼帘。明明清早时还是阴天，现在却异常晴朗。只不过气温降到了十摄氏度以下，风很冷。
　　那一天也是一样。为堕胎而住院的时候，也是这么一个晴朗的冬日。
　　真说的没错，自己是个杀人凶手。梨帆也认同。
　　在法律上，胎儿并不算是人，所以堕胎并非杀人。本质上说，胎儿也只是母亲身体的一部分，该如何处置应该由母亲自由决定。也许根本就没必要去想什么不生的理由或者借口。
　　像这种将自身行为正当化的大道理也不是不存在，但心不是用道理就说得通的。哪怕是遵从了强烈的个人意愿，也并不代表不会后悔。
　　那一天，梨帆撒了谎，杀了人，把无辜胎儿的整个未来都剥夺了。梨帆一直都对这件事怀有罪恶感。

事到如今已然无法挽回，但如果时光能倒流，梨帆恐怕还是会做出同样的事。明知是罪，仍然不想做出违背自己意愿的选择。

前面有个推着小车行走的老婆婆，已经超过八十岁了吧。嘴上戴着小小的纱布口罩，可鼻子露在外面。绑在脑后的白发很稀薄，都能看见头皮。蜷着背，步幅也很小。

她有孩子吗？到底是怎样的经历，让她在人生的尽头走在这个小镇的这条小道上呢？自己也能活到她那样的岁数吗？

无从得知。

梨帆与老婆婆擦肩而过，继续前行。不经意吹来一阵风，干涸的冬日气息让鼻子瘙痒起来，寒冷让耳朵微微生疼。

是从什么时候开始，觉得自己没有活着的资格了呢？离婚时确实有过罪恶感，但还没有这么钻牛角尖。

梨帆觉得，或许是失去了工作的骄傲，又得知牧岛晴佳产下真的孩子，使自己彻底崩溃了。

就在千钧一发之际，梨帆邂逅了志村多惠的《漫长的午后》。

区区爱而已，别输给它。

言语、小说、故事，在梨帆的身体中回响。

罪恶感并没有消失。不过，梨帆觉得即便如此也能活下去了，是这份稿件让自己的想法转变了。

那一天，《漫长的午后》原稿被送到自己手头，说白了也是一场偶然，不是什么命运。

但梨帆坚信这次不是被迫选择，而是凭着自己的意志主动选择的。

她要让这个故事面世。

因为那也是她的故事。

从车站出发已经走了十多分钟，一栋四层的白色公寓楼逐渐映入眼帘。梨帆抬头一看，窗户好像都是飘窗，挺时髦的，又有种古色古香的风格。外墙各处都有些泛黑，看得出屋子有了些年头，也许是泡沫经济时期建的公寓吧。

梨帆用手机确认了一下地图。前几天从志村多惠口中听到的住址就是这里，不会有错。

二〇二一年的此刻，她就住在这栋公寓顶楼的四〇一室。从《漫长的午后》一文中看来，"我"的居住地并非小户型，恐怕是在埼玉县的某处。实际上，之前短篇奖征稿的时候，志村多惠写的住处就在埼玉县。

电话里，她说是最近才刚搬来的。

梨帆先是从公寓门前路过了一回，走过一个街区再返回来。往返的时候，就到了十点半，是预约的时间了。

跟写手约在外面开碰头会的时候，要提前十多分钟到达，但造访写手的工作室或是自家时，要准时或者稍过一会儿再去。这是刚进公司时编辑前辈教的，梨帆从那以来就一直这么做。

好，进去吧，去见见志村多惠吧。

梨帆走进公寓的门厅。

*

"这个新年假期中间刚好还夹了个周末，是九连休呢。"

"比夏休还长啊。"

"今年乱七八糟的事儿太多了，我什么计划都没定，就打算待在老家散散心。"

"是吗？确实能算'灾难'了。你就好好放松下吧。"

"嗯，爸，还有妈也是，真的谢谢你们。多亏了你们，才能平安过这个年啊。"

"要谢就谢在天堂的奶奶吧。"

"当然了，我每天睡之前都要回想一下奶奶，双手合十拜一拜呢。"

"我说你啊，说什么得意忘形的话呢，真的在好好反省吗？"

"在啊，惹上那种女人，真是太蠢了。"

"吃过一次苦头，知道疼了吧？多亏你奶奶刚好留了笔钱下来，结果还算好的。要是没那笔钱，说不定就闹得满城风雨，变成大麻烦了。"

"是啊。经过这一次，就更加感受到家人对我的恩情有多深了。想告我的那个女人，家教就很差。是母女单亲家庭，大学也是靠借奖学金上的，就是缺钱呗。联谊的时候也是发了一大堆无聊的牢骚。比如生日和圣诞节收到的礼物只有文具之类的，还说反正看不见，把内裤穿破了才买新的。我稍微表示一下同情，对她照顾了一点，她就自己贴上来了。那家伙恐怕是从一开始就想找个出手阔绰点的男人来诳钱呢。毕竟她自己都说过她妈干过陪酒这一行。"

"真是个出身就低贱的女人啊。听着啊，太郎，你从初中起上的就是私立学校，朋友也都是很有品的孩子，是吧？但你走到社会上，也有可能会遇到你以前从来没见过的下三烂。这次'学费'是挺贵的，不过也算上了一节不错的社会课吧？"

"那当然是深刻教训了。从今往后，我再也不跟那些无赖扯上关系了。话又说回来，家庭环境真的很重要啊。突然想起来，那个女人还说将来结了婚也要继续上班，绝对不当全职主妇。也不掂量一下自己几斤几两，根本就是啥都不懂啊。就因为自己是单亲家庭，母亲还出去抛头露面，所以整天缺爱，心从根上就长歪了。这么一想，反倒觉得她可怜起来了。"

"你什么时候这么善解人意了？"

"啊，不，我啊，只是想着必须感谢一下妈妈。从我小时候起，她就一直操持着这个家，把我照顾得无微不至。又是接送我去兴趣班啦，又是给我做带去学校的盒饭啦，里面装的菜也从来不含糊。"

"当母亲的干这种事，不是理所当然的嘛，是吧？"

"爸爸，现在啊，有很多母亲才不干这种理所当然的事呢。"

"哼，世风日下了。"

"虽然话是这么说，但我们还是得对理所当然地忙里忙外的妈说声谢谢嘛。看这道麻婆豆腐，都是特地分了碟子，为了我们的口味专门做得更辣了，是吧？妈自己又不吃辣。爸，你注意到妈这么体贴了吗？"

"那、那当然是注意到了。只是没必要都说出来吧？"

"就得时不时地说出来才行啊。是吧，妈？一直以来真的太谢谢您了。来，爸爸也说句话。"

"嗯……说的也是。谢啦，很感谢你。"

"……这有什么呀。你们俩能这么说，我就很开心了。我才得谢谢你们。今天的麻婆豆腐啊，是我特别下了心思做的。多吃点啊。"

谢谢——那是我由衷的话语。

我决定执行和亚里砂一起制订的计划。哪怕她只是我想象的产物,她也是存在的。她为我拓宽的世界,再也不会收窄了。

我要杀了丈夫和儿子。

下定决心后,我就备齐了所需的工具。从心理诊所配到的安眠药,还有从家庭中心买来的蜂窝煤、铲子和胶带,我把它们一起藏在了寝室的衣橱里。准备工作稳步进行着,但我还是忐忑不安。

靠我一个人把两个男人杀了再埋掉,真的能做到吗?

年末收工后的第二天,十二月二十八日,见到回老家的儿子的面孔,我的内心动摇了。

不管他做过多么残酷的事,依然是我可爱的儿子。而丈夫终究也是个可靠的人。

真的要把他们杀了吗?

把加了安眠药的麻婆豆腐摆上餐桌后,内心的动摇已经变成了迷茫。

"喔,真不错啊。我最爱吃妈做的麻婆豆腐了。"

儿子这么说的时候,我甚至想过要放弃。他们俩熟睡之后,我什么都不做就行了。也许他们多少会产生些怀疑,但总不会想到我在菜里下药吧。

但是,两人在餐桌上的对话让我再次大彻大悟。

不杀不行。

我饶不了这两个人。如果这两个人还活着,我就活不下去。我会被杀死。

没有对也没有错,这是我为回避死亡而展开的战斗。

他们俩在关键时刻为我驱散了迷茫,真是万分感谢。

吃完饭之后,两人边看电视边喝威士忌。儿子回老家的时候,总是这幅光景。他们俩哈哈大笑地看着搞笑艺人接连披露新段子的年末特别节目。

我一边洗衣服,一边窥探他们的情况,心惊胆战的。安眠药加得还挺多的,也喝了酒,怎么没生效呢?

就在这时,丈夫突然像断了电似的趴在了桌上。

儿子说着"老爸也变弱了啊",离开餐桌坐到沙发上继续看电视。我若无其事地从寝室取出一条毛巾被,说"别感冒了",给丈夫披上。

接着,儿子就对我说:"抱歉,妈,我也困了。"

回头一看,他也已经在沙发上闭眼睡了。

他的睡脸甚至还带着点稚气,看上去跟小时候一样,一点都没变。我想起给他唱摇篮曲哄他睡着的样子了,"快快睡呀快快睡,我的孩子,可爱的孩子"。

一种只能称之为哀伤的感情冲击着胸口,但我无法饶恕,无法饶恕他们。

我将视线聚集,仔仔细细地打量儿子容貌的每个细节,硬朗的下颚,隐约可见的胡须,大大的喉结,宽广的肩膀和厚实的胸膛。这孩子已经不是天真无邪的幼儿了。

我的脑海中突然浮现出一把大剪刀的意象。我知道这把剪刀，是我在高中时写的小说《裂口女物语》中出现的特大剪刀。将薄情男人的孩子杀死的剪刀。

在意象之中，我用这把特大剪刀剪断了一根丝线，是连接我与儿子的细丝。我剪断了那根闪着耀眼光泽的丝线。

这样也好。

我从寝室取来了胶带和蜂窝煤，关闭了客厅空调，把除了走廊门以外的全部出入口和窗户缝隙都封住，给蜂窝煤点上火。

来到走廊，我从门外把缝隙贴住，就回到了寝室。

我没换衣服，关灯躺在床上，闭上眼睛。

突然间，我很害怕。不是害怕杀人，而是害怕充斥在楼下的一氧化碳会泄漏到这个寝室，让我在不知不觉间也死了。

但万一真这样倒也挺好的，也许就能在那个世界见到亚里砂了。

明明我并不真的相信阴间和幽灵这回事，但这么一想让我冷静了些。

一定是不知不觉就睡着了。回过神来，阳光已经从窗户照了进来，整个寝室亮堂堂的。看了眼时钟，都已经过了上午九点。

我战战兢兢地来到一楼。一点声音都听不到，客厅门还被胶带封着。我把耳朵凑近，还是什么都听不到。

我松了一口气，但暂时没打开门，而是回到寝室躺下来。虽然并不打算睡觉，但不久后意识就中断了。

我做了个梦，一个很短的梦。

是星智女子高中的开学典礼。在前往典礼讲堂的路上，有个高个子女孩给我打招呼。

——"你的脖子真漂亮啊。"

梦的内容是我们的故事开端。不论多少次，我们都会再次邂逅，再次成为挚友。

我再醒来的时候，太阳已经下山了。

傍晚六点多。

我下到一楼，这一次我意已决，拆下封条，走进了客厅。

蜂窝煤已经燃尽，房间里也早已冷彻。在没关的灯光照射下，两个纹丝不动的男人就身处室内。

我极力屏住呼吸，将客厅所有入口的门窗都打开，还打开了隔壁厨房的换气扇。

我先来到走廊，原地待了一会儿。

还担心这段时间里，他们俩会不会突然起身呼唤我，但并没有发生这种事。

十分钟左右之后，我再次进入客厅。换气扇还开着，只把窗户关上了。我觉得有些呼吸困难，不清楚是还残留着一氧化碳，抑或只是我的错觉。

趴在餐桌上的丈夫和横躺在沙发上的儿子都已经没了血气，脸色铁青。我依次凝视两人的模样，丝毫没有会动的迹象。

我靠近儿子，用指尖摸了摸他的脸颊，冷得不敢相信是人的肌肤。

死了——我明确地理解了这一点。

是因为把连接着我和这孩子的细丝剪断了吗？我的内心平静得连自己都惊讶。我还以为真的杀死了家人，尤其是这孩子之后，一定会哭，也想过自己可能会恶心得呕吐。然而我没有流泪，也一点都不想吐。

我只是认识到了这个事实。

我杀了这两个身材魁梧的男人。

风平浪静之中，一股热浪在涌现。换过室外空气之后变得更冷的房间里，我的背后却在渗出汗水。

那是兴奋，我正在静静地兴奋着。

我呼了口气，随之也吐露出一句"好哇"，接着双手握拳，握得很紧。

然后又把双拳举到面前——大概是我人生中第一个胜利姿势。

我的脉搏跳动频率上升，兴奋使其不断加速。

"好哇！"

这一次我大声地、清清楚楚地欢呼了出来。

——"啊哈哈，多多，你挺能干的嘛。"

我仿佛能听见亚里砂的说话声。

嗯。成功了！我成功了！

——"不过，还没有结束呢。因为还得给这么高大的男人挖出两人份的坑呢。多多，你一直没怎么好好运动吧？能行吗？"

就算不行也只能上了。能行的，我一定能做到万无一失，不暴露给任何人。

接下来真是辛苦极了。不论是挖坑还是埋土，耗费了整整两天。

在院子挖的坑里，躺着丈夫和儿子的尸体。我是边给他们盖土边过的年。

元旦清晨，彻底埋完，我整了整地面，抬头望向天空，已经微微泛白。天空越来越明亮，这一定是新年第一次日出。我站在被外墙和房屋遮蔽的院子里没法直接看见。即便如此，还是有种被祝福的感觉。

后面的三天里，我浑身都疼，几乎什么都做不了。吃饭是用冰箱里现成的食物和囤的速食解决的。除了洗澡和上厕所之外，都是躺在床上度过。

到了一月四日，我久违地走出了家。

我来到站前的超市买了点东西，顺便还绕道去了百元店。

还有许许多多该做的事情。我打算假装成丈夫和儿子在新年假期里说要来场两人小旅行，结果离家后就没回来。儿子的公司是从六号开始上班，到时候去交通岗亭找警察商量应该比较自然。不久之后，儿子和丈夫的熟人说不定也会联系到家里。我必须扮演一个突然失去家人、惊慌失措的妻子、母亲。

我在脑海里无数次预演这个"设定"，将它镌刻进了自己心中。

目前还有一些在我名下的存款，但迟早得出去做点兼职吧。啊，对了，开春之后就开始建家庭菜园吧，就在埋了他们俩的院子里。接下来……

回到家后，我把买来的食材装入冰箱和储藏柜，走向寝室。

我在床上坐定，在边桌上展开在百元店里买的四百字规格稿纸，接着从衣橱最下层取出自动铅笔握在手中。虽然已经不必顾虑任何人，能在餐桌上写，但还是这里最让人平心静气。

——"多多，你又要写啦。"

嗯，要写。我要写小说。

情节已经构思好了，但不能急躁，不慌不忙、踏踏实实地完成这一篇小说吧。

首先是第一行。

我在脑海里反复斟酌和推敲,献给亚里砂,又或者是献给陌生读者的第一行。这是我的故事,但也希望能是你的故事。

不一会儿,我就把字斟句酌的这一行缓缓写在了稿纸上:

  都说女人的下午很长,那么我的下午是从几时开始的呢?

*

这个人就是志村多惠。

站在梨帆面前的女人给她的印象与《漫长的午后》中的"我"有些不同。根据从前应征短篇奖的资料来看,现在她应该是五十七岁,就快五十八岁了。她的外表看来和年纪相符,甚至显得更年轻,带着点波浪的短波波头很是黑亮。梨帆心想多半是白发染黑的,下垂的眼角是最明显的面容特征。她长着一张圆脸,体型也微胖。说句失礼的话,梨帆并不觉得她"脖子很漂亮"。

"今天劳烦你特地造访,真的非常感谢,很抱歉招待不周。"

她轻轻低下头，说话声很是轻柔，所传递的情绪比她的面部表情更丰富。毫无疑问，这就是在电话里听过的志村多惠的嗓音。

"哪里哪里，您愿意寄来作品，我真的很开心。也得谢谢您今天能抽出时间来。"

梨帆说着，不动声色地环顾了一下房间。

户型大概是1LDK。整体比梨帆的房间宽敞些，天花板也更高些，梨帆被带领着走进的客厅里，摆着一张简单的木桌和两张椅子，两人面对面坐下。

电视机和收纳等家具电器倒也一应俱全，但给人一种只配备了最低限度物品的冷清印象。桌子一角只摆放了电视机和空调的两个遥控器，跟梨帆的房间形成了鲜明的对比。

这个房间里最具有存在感的，应该是摆在屋外都可见的飘窗上的果蔬种植盆。宽度看着有七八十厘米，严丝合缝地嵌在飘窗里。

也许是注意到梨帆的视线停在了那里，志村多惠开口说："啊，那是我的家庭菜园。不能说是阳台菜园，就叫飘窗菜园吧。现在种着西蓝花。冬天的这时候刚好能摘到。"

家庭菜园。

梨帆不禁倒吸一口气。

而志村多惠则是快活地接着说："我在电话里也说过嘛，最近刚搬来这边。之前住的屋子是独门独户，有个院子，我在那里种过不少东西，茄子、西红柿、黄瓜、长蒴黄麻、芜菁，还有红薯之类的根菜，能算是一点点农业了。"

她也像小说中写的那样，在埋了丈夫和儿子的院子里培育了那些作物吗？

"您是从那边的房子搬来这里的吧？"

"是的。我的家人……啊，我也有过丈夫和儿子，他们俩都去世了，也没有其他近亲，所以我就继承了房子，可一个人住太大了，所以就卖掉搬家了。"

丈夫和儿子都去世了——莫非是发布失踪宣告后被认定死亡吗？不，可是……

"那个……您把房子卖了真的没关系吗？"梨帆忍不住问。

在电话预约的时候，听说她现在独居在公寓，梨帆就已经很在意。之前住的房子怎么了呢？如果要翻建，院子就会被挖穿。不会挖出骨头来吗？

但志村多惠则是不解似的歪了歪脑袋："有什么关系呀？"

"呃……那个……院子里……"

紧接着，志村多惠露出恍然大悟的神情，然后笑了出来。她的笑声如银铃一般，像个小女孩。

"葛城小姐，你难道以为我真的像那篇小说里一样，杀了丈夫和儿子，然后埋了吗？"

"咦？"

不是吗？——梨帆忍住没把这个疑问说出口。但光从这反应，志村多惠应该当作是肯定答复了。她笑得更厉害了："别这样嘛。啊，对了……仔细一想，从那篇小说发生的时间算起，刚好是七年呢。你以为我是在失踪宣告成立之后才寄出稿子的吗？"

志村多惠愉快地眯着眼睛，抛来一个像是看透梨帆心思的视线。

确实就是如此，可梨帆无法点头认可。

"但还有一点不够充分。那篇小说里，'我'把两个人掩埋掉的时间是元旦，对吧？向警方报失踪警是在那之后的事，刚好是七年前的这几天。我把原稿寄给你的时候就不必说了，就算照今天来算，失踪宣告也应该还没成立呢。因为手续之类的也得耗费不少时间。"

"啊……"

梨帆瞠目结舌。她说的一点都没错。然而一瞬间之后，梨帆又发现了另一个不自然之处。

志村多惠的解释简直就是应答如流。就连关于失踪宣告的事情也丝毫没有停滞地说了出来，简直就像事先准备好了答案一样。

况且她的丈夫和儿子也真的已经死了。

"呵呵。那篇小说里还有我之前投稿的《养狗》出现，确实可能让人这么想。不过那是虚构的，都是我编的故事。我丈夫和儿子去世也是去年的事，是因为事故。"

"出了事故吗?"

"是啊。所以我改了籍贯,已经用回了旧姓。现在姓中林,中林多惠。"

"中林多惠……女士。"

梨帆鹦鹉学舌似的复述了她的名字。姓氏变了之后,语感也随之改变,带来了一种奇妙的不协调感,但这才是她最初拥有的姓名。

"不过我觉得写小说时用的署名还是保留'志村多惠'比较好。毕竟用这个名字生活了很久,也能把这段体验用作创作题材。"

她所说的创作题材,是哪层意义上的呢?她只说了是事故,可丈夫和儿子究竟是怎么死的呢?

她——中林多惠,像是察觉到了梨帆的疑问,轻轻点了点头,满面绽放出恶作剧般的笑容,说道:

"如果……这真的只是一种假设——如果我真的杀了丈夫和儿子,又用它做题材写成了小说,怎么会照着事实直接写呢?至少也得把手法换了,细节部分也会更改。因为我想写的不是纪实作品,而是虚构的故事,是编造出来的。不过,哪怕只有一点也好,如果它能触动到读者的'真实'之处就再好不过了。"

梨帆从"真实"这个词上听到了强烈的回响。

啊,果然没错,面前这个人就是《漫长的午后》中的主角

"我"。

"触动到了哦。"

梨帆说着,与中林多惠眼神交汇。

"多惠女士。"梨帆直呼其名。

"是。"

"您写的《漫长的午后》触动到了我的'真实'。我觉得那篇小说里也确实蕴藏着多惠女士的'真实',是一部很精彩的作品。"

中林多惠顺着眉眼说:"你这么说,我真高兴。能写出来真是太好了,能鼓起勇气寄给你,真是太好了。"

她柔和的面庞上浮现出几分坚毅。

梨帆开口道:"我也一样,能收到您的原稿,真是太好了。在电话里也已经跟您说过,我想让这篇小说面世,想让您当上小说家。我今天也是为此而来的。多惠女士,请让我当您的'共犯'吧。"

中林多惠有点吃惊地瞪大了眼睛,之后又再次面露笑容说:

"你真是与众不同。"